François Bloemhof

Die nag het net een oog

Tafelberg

Tafelberg-Uitgewers Beperk
Waalstraat 28, Kaapstad
© 1991 François Bloemhof
Alle regte voorbehou
Omslag ontwerp deur Teresa Williams
Geset in 11 op 13 pt Plantin
Gedruk en gebind deur Nasionale Boekdrukkery,
Goodwood, Kaap
Eerste uitgawe 1991

ISBN 0 624 02996 4

"I am glad you found your way in here,
for I am sure there is much that will interest you."

Bram Stoker, *Dracula*

Proloog

Daar is grond in sy oë.

Hy kan dit nie uitvee nie, want dit is oral: oor sy gesig, sy mond wat hy moet toehou, sy ore, sy neus; grond, oral.

Daar is grond in sy oë, wat hy nie durf oopmaak nie.

Styf toeknyp, en skop teen die koue, krapperige massa wat hom omvou. Hy, 'n larwe wat wil uitbeweeg. As hy roer, skuif die basis, die fondament krummel waar hy wil trap. Dit voel of hy wegsak.

Dit is swembewegings wat hy maak, wilde rukke wat skokke in sy liggaam veroorsaak as die ledemate verder wil gaan as wat die skuiwende ruimte toelaat.

So donker, koud.

En stil, behalwe vir die asemplof in sy ore.

Opgegaarde suurstof is aan 't weglek uit sy longe.

Die grond is los. Dit is nie so lank sedert dit teruggegooi is nie

(Wat as hy bo uitkom, en hulle wag daar vir hom?)

en al wat oorbly, is om te grawe. Grond verplaas van bo na onder, en steeds beur hy na bo.

(Veel erger: Wat as hy op pad is nie na bo nie, maar besig is om na onder te grawe?)

Hy wil gil by die gedagte, maar klem sy mond net betyds toe teen die grond en dit wat in die grond leef. 'n Nael skeur in sy tog na bo (onder?) – dit is net 'n verdere pyn.

Die grondkorrels skuur, byt aan ontblote liggaamsdele, en terwyl hy sy linkerhand na bo bring en iets tussen sy vingers voel wriemel en bars, gaan sy lippe onwillekeurig van mekaar en gaan die grond sy mond binne, om die klam opening te vul en die lug uit te ruk. Dan is sy hand bo die grond, en sy arm, dit voel vir die seun sy kop gaan bars, en sy gesig, dit is buite, in die vars naglug, waar hy diep teue koelte inhyg.

Nadat hy met spoeg sy oë skoongevee het, kyk hy om hom heen. Daar is niks behalwe oop grond; in die verte 'n paar bome.

Hy wurm uit die opening in die grond, lê tot sy asemhaling meer normaal is. Hy gooi op, meestal grond en bloed, en dit laat hom beter voel.

"Ek sweer –" begin hy, maar die pyn in sy bors is vir eers te veel; die vloek, die eed sal later kom.

Dié wat hy haat, is ver, agter die bome.

Hy begin homself in die ander rigting sleep, moeisaam, hy het baie tyd, hy weet nie waarheen hy op pad is nie. 'n Paar tree gevorder, draai hy terug, en vul die gat op.

Nie lank nie, of hy kan loop. "Ek sweer –" sê hy, die woorde een met sy voeteval. *Ik sweeher*. Dit is nie nodig om die sin te voltooi nie – die nag is sy getuie.

En op sy verskeurde klere en bebloede liggaam val die lig van die maan, eensaam in die donker daaromheen.

Die pad na Botmasdorp

1

Wanneer hy op 'n nasionale pad is, hou die bestuurder in die stadige baan.

Dit is 'n swart sedan. Modder aan die wieldoppe wil daarop dui dat op grondpaaie bestuur is, maar die bakwerk glim haas smetteloos in die lig, hetsy dié van son of maan.

'n T-aansluiting; een hand druk die hefboom vir die flikkerlig, die ander is om die stuurwiel geklem om die motor na links te dwing.

Iewers langs die pad wil 'n ander motoris 'n jaagtog onderneem om die eentonigheid van die ooptes te onderbreek, maar wanneer dit nie lyk asof daar enige reaksie van agter die getinte glas is nie, draai die jong man verleë na sy nog jonger vriendin en stamel: "Ons het mos niks wat ons jaag nie."

Die sedan bly in die stadige baan. Wanneer die pad vernou, steek hy nie ander motors verby nie.

Hulle ook nie vir hom nie.

2

RUSTENBURG, 6 FEBRUARIE 1991

Gedurende die dag is die vulstasie en die omringende gebied 'n plek waarvan Barend hou. Die hele tyd is iets aan die gebeur: mense uit alle oorde, almal iewers heen op pad.

Barend hou van mense.

Om hulle van brandstof te voorsien is miskien nie die belangrikste taak wat daar is nie, maar iemand moet dit doen. En hy weet hy doen dit goed, en boonop nog met 'n glimlag. Voor hom was daar 'n nimmereindigende stroom aanstellings en afdankings, maar hy beklee nou al meer as ses jaar sy pos.

Dit is eers 'n week gelede dat die bestuurder hom op nagskof geplaas het.

En gedurende die nag is die vulstasie en die omringende gebied nie 'n plek waarvan Barend hou nie.

Want dan is daar nie mense om die omgewing te versier nie, en die omgewing self . . . dit verander. Met die donkerte kom die koue en natuurlik die alleenheid. Aan die koue het hy gewoond geraak, maar die stilte . . .

Die vulstasie is op die rand van die dorp geleë, om beide inkomende en uitgaande verkeer te lok. Maar in die nag is daar nie een duisendste van die verkeer van die dag nie.

En as daar is, is dit nie te sê hulle gaan stilhou nie.

Daar is niks wat lewe om hom nie, en dit is die ergste. Oorkant die pad is 'n ry bome. Hy weet hulle is daar, maar kan hulle nie sien nie; die maan kruip agter wolke weg. Toe hy jonk was, het hy geglo as die son twaalfuur die middag reg bo jou kop sit, dan moet die maan mos middernag ook reg bo jou wees . . . Maar dit is nou al lank ná twaalf en die maan is nog agter daardie wolk . . . of hy weet ook nie watter een nie . . .

Hy ruk wakker toe sy kop vooroor val. Dit gaan 'n lang nag wees as hy nou al vaak is.

Hy het verskeie maniere om te verseker dat hy wakker bly. In die hokkie met die fel lig kan hy vir homself sing (maar dit laat hom net nog meer alleen voel), hy kan met homself kaart speel, 'n fotoverhaal lees, of na die radio luister – wat vanaand nie 'n geluid wil voortbring nie.

Hy skuif die stoel effens agteroor, om 'n ongemakliker posisie in te neem, om slaap te ontmoedig. Die geluid klink asof die mure inmekaarstort.

Hy sit.

Halftwee gaan verby.

Nog nie een motor nie.

Net môre gaan hy vra om teruggeplaas te word op dagskof. Dit is nie regverdig dat hy, wat die meeste ondervinding het, hierdie ondankbare tyd van die dag – nag! – hier moet sit nie. Die bestuurder het net vir hom dié werk gegee omdat hy weet niemand anders sal dit doen nie. Die vorige een het gedros.

En niemand hóéf dit te doen nie. Elke oggend, as dit tyd is vir hom om huis toe te gaan en te probeer slaap terwyl die dag buite wink, is die kasregister amper leeg. Geen motor kom –

Of miskien tog.

Of het hy te gou regop gesit? Hy was besig om te staar na die punt waar 'n motor se ligte vir die eerste keer sigbaar sal word, en dit is al asof hy 'n glimmering daar gewaar het. Nog nie die ligte self nie, maar die voorspooksel daarvan.

Tog, die pad bly donker, en hy sit weer soos hy gesit het.

'n Paar kopligte klief die swart lug, sny 'n pad daardeur oop. Dit is nog net 'n kilometer of twee ver.

Hy skuif reg, fier, gereed, al mag dit dan wees soos die ander kere, as die motor verbyhou.

Die twee enkele ligpunte maak die nag twee maal so donker as tevore. Wanneer hy wegkyk deur die oop venster in die hokkie na 'n punt effens links van die aankomende motor, vind hy die kopligte ook daar, en kyk hy na regs, ook daar, geëts op sy retina. En vang hy sy gesig in die venster wat toe is, is daar kopligte in die plek van –

Die knetter van gruis soos die motor oor die oprit beweeg. Barend staan nader.

Die motorruit word afgerol.

Die gesig is oud sonder dat Barend kan sê hoe oud. Die deel wat sigbaar is onder die hoed – in die vroeë oggendure? – laat hom dink aan die familieportrette in sy ouerhuis. Net so –

"Maak vol," sê die mond. Die kepe om die bloedlose lippe is diep, asof met 'n beitel gekap; barste. Die area tussen mond en neus is vol fyn plooitjies.

Barend dwing homself om nie te staar nie, en hou hom besig met sy werk. Terwyl hy die brandstofpyp in die sedan se klep druk, sien hy dat die insittende uitgeklim het. Hy is lank; met die donker klere wat met die nag saamsmelt, is sy gesig 'n skyf wat in die lug dobber.

Dit dryf nader, en verdwyn uit Barend se gesigsveld wanneer die man langs hom kom staan. Die koue laat sy hande bewe, en met die uittrek van die pyp val 'n druppel of twee van die ondeurskynende vloeistof op die gruis.

Die man betaal. "Mag ek jou naam weet," sê hy stadig en binnensmonds. Die woorde is soos borrels in 'n slympoel, dit gly na bo en breek voor hulle die oppervlak bereik.

"Barend."

"Barend." Die man proe aan die naam. "Die naam het . . . tradisie. 'n Erfnaam. Beginselvas. Stoer."

"Uhm . . . dankie." Wat anders kan hy sê?

"'n Naam wat dikwels nie op sy eie staan nie. Dikwels is die tweede naam . . . wat nou weer . . . Jakobus?"

"Ja," sê Barend verras. "My tweede naam ís Jakobus. Dis nou vir jou –"

"Ons gaan seker nie hier in die koue staan en gesels nie," beduie die man na die verligte hokkie. "Jy gee nie om as ons ingaan nie."

Die motor bly langs die pomp staan, maar dit is in die haak, Barend sal sien as 'n ander motor aankom.

In die hokkie is daar nie baie beweegruimte nie. 'n Tafel en twee stoele, en as jy sit, dan sit jy. Barend skakel die ketel aan, skep koffie en suiker in twee koppies.

"Koud, nè?" vryf hy sy hande teenmekaar.

"Ja."

Barend het die man hierheen laat kom omdat hy gedink het hulle gaan gesels, en nou praat hy nie.

"En dit gaan nog kouer raak voor dit dag is."

Dan is albei stil tot die ketel sing en Barend die verskoning het om hom in die maak van die koffie te verdiep.

"Soe," sê hy terwyl hy die koppie aangee.

"Wat," sê die man.

"Jou hand is soos ys." Hy moes dit nie gesê het nie, dit lyk nie of die man van die opmerking hou nie. Maar die lig kom van bo, en die man se hoed gooi 'n skaduwee oor sy gesig, en hy is boonop half weggedraai. "Uhm . . . hoe sê hulle, koue hande, warm liefde."

"Hoekom het jy hierheen gekom?" 'n Vreemde vraag, maar beter as niks.

"Dinge was te stil waar ek vandaan kom," sê Barend. "Ek moes uit. Ek weet nie of jy al daarvan gehoor het nie. Botmasdorp? Naby Clanwilliam." Hy wag tevergeefs dat die man antwoord. "Dit was te klein. Hier is meer mense. Ek is nou al ses jaar hier."

"Het jy nie onlangs gevoel dat jy moet teruggaan nie?" sit die man sy leë koppie op die linoleum neer. Die tafel dra merke van die bodems van honderde koffiekoppies.

"Snaaks dat jy dit noem . . . Ek hét die laaste ruk gevoel ek moet terug . . . Nie om te bly nie, jy verstaan, net om te kuier. Uhm . . ." Soms weet hy wat hy wil sê, maar dan wil die gedagtes nie woorde word wat sin maak nie. "Maar ek sou my werk hier verloor, toe bly ek maar." Nou laat dit hom kriewelrig voel om oor homself te praat; die rede is dat die man niks in ruil bied nie. "Sê my, waarheen is jy op pad?"

"Botmasdorp."

"Is dit? Dis nou toevallig!"

"Ja, is dit nie," sê die ander. "Jou van is nie . . . Du Preez nie."

Dit is 'n eggo uit 'n storie wat Barend se ma kleintyd vir hom voorgelees het: Is jou naam dalk . . . Repelsteeltjie? Maar die heldin het die vraag gevra omdat sy reeds die antwoord gewéét het.

Dit is wat fout is. "Hoe't jy geweet?"

Die man is stil.

"Ken ek jou?" Die mure – vier van hulle, want die deur is toe – gooi sy vraag terug soos 'n bal in 'n kinderspeletjie.

"Jy is in 1957 gebore," begin die man. "Jy het geen broers of susters nie. Jou ouers, Dirk en Magriet. Jou ma lewe nog. Jou pa is dood in 'n motorongeluk toe jy tien was. Hy was dronk. Jy moes standerd drie herhaal, so ook standerd ses. In 1979 –"

Barend ruk. Hy het van die stomende koffie op sy skoot gemors.

"Ek gaan –" kry hy dit uit.

"– skree?" voltooi die man die sin vir hom. "Nee, jy gaan nie." En hy het reg; dit voel vir Barend sy tong is iets wat gevang en op hok gesit word. Dit fladder hulpeloos in sy mond rond.

Die man leun vooroor, daar is nie plek om terug te skuif nie, al sou Barend kon, en plaas sy koue hande –

Wanneer Barend tot verhaal kom, is hy vasgebind aan die stoel, sy hande agter sy rug.

"Is jy eindelik wakker," sê die man. Hy steun terwyl hy afbuk om Barend se dyspiere af te sny. Die pyn skreeu om uit te kom, maar Barend se gil is inwendig. Sy polse is volgende. Die man werk versigtig, sodat hy nie die toue breek nie.

Barend is genadiglik bewusteloos teen die tyd dat die man begin om die vlees van sy gesig te kerf.

3

DURBAN, 7 FEBRUARIE 1991

Terwyl sy die trap na die ingang klim, sien sy die swartmantel.

Of altans, sy dínk dit is 'n swartmantel. Die voël het al weggevlieg teen die tyd dat sy tot stilstand kom. Wanneer laas het sy een gesien? Sekerlik nie sedert sy hier kom bly het nie. En volgens watter geloof nou weer . . . die een of ander Middeleeuse, wat sê dat dit die voël is wat die pes oordra?

Dit was waarskynlik 'n raaf, want hier in die stad is 'n paar – waar hulle hul neste het, weet sy nie, want die wolkekrabbers se kruine is onherbergsaam, en –

Die koue vind 'n pad deur haar jas, en sy klim vinnig die laaste ent. Dit is 'n verligting om die groot swaaideur agter haar te laat toeklap, al is die woonstelgebou se voorportaal nie 'n opbeurende gesig nie – veral nie ná sewe die aand nie.

Daar is niks in die posbus nie, en sy het ook nie verwag daar sal iets wees nie. Dit is vir Anton dat sy nog hier in die stad bly, en hy het dae laas van hom laat hoor.

Sy druk die hyser se knoppie, maar die liggie bo die deur dui aan dat dit op die vyfde verdieping is, en daar bly. Seker weer kinders wat nie weet hoe om die tyd om te kry nie, dink sy, en besluit om die trappe te gebruik.

Maar besluit dan weer daarteen, want sy het 'n moeilike dag agter die rug, en vier verdiepings se trappe . . .

"Juffrou?"

Die stem is direk agter haar, al het sy beslis niemand hoor

nader kom nie. Sy sou geskrik het as sy nie so vermoeid was nie.

Dit is die opsigter se vrou, en haar gepantoffelde voete verklaar alles.

"Ja?" vra sy, half geïrriteerd. Sy gee nie om vir aandag nie, maar mense moet kyk, nie staar nie.

"Iemand het na jou gesoek vanmiddag," laat die vrou haar weet, afgemete, ondersoekend. "'n Man."

"Het hy 'n boodskap gelaat?" Hoe frustrerend om van die vrou afhanklik te wees vir inligting. Maar 'n besoek – al is dit net 'n vóórgenome besoek – is selfs beter as 'n brief. Sy het Anton goed laat verstaan dat sy nie weer van hom wil hoor voor hy sy vrou vertel het nie.

"Nee," antwoord die vrou, met 'n stemtoon wat impliseer dat sy 'n boodskap lees in die afwesigheid van 'n boodskap. "Hy is lank; en donker, dink ek –"

"O." Dit was dus nie Anton nie.

"Baie skraal. Maer, eintlik. Hy het 'n hoed gedra," gaan die vrou voort. Maar as dit nie Anton was nie, stel sy nie belang nie; seker iemand van die inkomste-kantoor, en sy maak die vrou stil.

"Ek ken nie so iemand nie." Die flits van die liggie bo die hysbakdeur laat haar opkyk. Vier.

"O nie." Dit is 'n vraag: Gaan voort?

Drie.

"Maar dankie dat u my gesê het."

En nou is daar niks meer om te sê nie, en hulle staan 'n oomblik langer regoor mekaar, tot die deur pieng! oopskuif.

Die opsigter se vrou word deur die toeskuif van die deur weggevee. Noudat sy alleen is in die hysbak, alleen vir die eerste keer die hele dag, kan sy sug en teen die wand leun. As dit maar so maklik was om alle ander mense uit haar lewe te verwyder.

Hy het sy vrou en kinders gekies. Dit kan sy aflei uit sy stilswye die afgelope ruk. Dit is ook niks ongewoons nie, sy moes dit verwag het; hoeveel artikels oor die onderwerp het sy nie al gelees nie?

Sy grendel haar woonsteldeur agter haar uit gewoonte. 'n Meisie is 'n jaar tevore op die tweede verdieping verkrag, en niemand – of so het hulle gesê – het iets gehoor nie.

Sy glimlag vir die toepaslikheid van die musiek wanneer sy die radio aanskakel – asof dit net vir haar gespeel word.

Sy beweeg op maat daarvan na die kombuisie.

Die helfte van gisteraand se noedels is in 'n pot (*When I'm home everything seems to be right* . . .) gereed om opgewarm te word. Alles is nie reg as jy alléén by die huis is nie, dink sy. Sy is nie lus vir noedels nie, maar iets moet sy eet, want om nog honger óók –

Was daar 'n geluid by die voordeur, of het sy haar verbeel? Die musiek is ook (*Cos when I get you alone*) so hard . . . Sy draai die radio sagter, skakel dit dan maar af.

(*You know I'll feel* . . . –)

En wag.

Daar is dit weer.

Nie heeltemal 'n klop nie.

Sy gaan tot by die deur.

"Elaine?" kom die stem van die ander kant, 'n stem wat sy nie ken nie. *Ielaihen?*

Maar hy ken haar, en dit is seker die geluid van die wind wat kerm teen 'n venster iewers agter haar, wat haar laat ril.

"Wie is dit?"

"Dis ek. Anton."

Sy kon sweer dis nie sy stem nie, maar niemand weet dat sy Anton ken nie.

Dit kan niemand anders wees nie, en sy weet eers hoe baie sy hom gemis het toe sy naam nie meer bloot in haar gedagtes eggo nie, maar uitgespreek word. Haar vingers sukkel met die ketting, maar gou is dit af en

Dit is nie Anton nie. Aan sy voorkoms herken sy hom van die opsigter se vrou se beskrywing, maar haar eerste assosiasie was met die pesvoël wat haar met sy swart ronde ogies van die trapreling betrag het.

Daar is 'n gesis agter haar – water wat begin kook.

"Hoe huislik," sê hy, en kom binne.

4

Die man slaan die kattebak toe, en gaan onder 'n lamppaal staan om op sy horlosie te kyk. Hy haal 'n notaboekie uit sy sak en trek 'n kruisie agter 'n naam.

Die volgende stop is Riviersonderend.

Botmasdorp
8-12 Februarie 1991

HOOFSTUK EEN

I

Terwyl Cathy met die trap op uit die argief kom, kan sy Alice hoor neurie waar sy kataloguskaarte sorteer. Dit is die enigste geluid hier in die biblioteek, maar die dik mure het die manier om die geringste klank te vermenigvuldig en dit na jou terug te werp. Kadwarra! sit Alice 'n pak kaarte neer.

Waar die swaar gordyne weggetrek is, maak die son se strale 'n teatrale toetrede, effens verdof deur die stofdeeltjies wat daarin voortvloei en oplos, skarrel en draal. Kyk jy vinnig, lyk dit asof daar in sekere hoeke beweging is, maar dit is net die môreson. Geluid van 'n motor in die hoofstraat. Stemme van twee vrouens wat by die venster – toe vanweë die hitte – verbyloop om hul weeklikse inkopies te doen.

"Cathy?" roep Alice. "Is alles netjies daaronder?"

"Ja. Ek het bietjie afgestof en herrangskik, en alles is op hul plek, dink ek."

"Ek het nie gevra vir 'n volledige verslag nie, ek het net gevra of dit netjies is," sê die ouer vrou, en glimlag, maar soos met elke tweede sin wat sy teenoor Cathy uiter, is die boodskap: Ken jou plek.

En die volgende plek waar sy haar bevind, is die kinderkamer, wat so ver van die ontvangstoonbank en Alice daaragter is as wat jy kan kom.

Soos kinders – en hul ma's – se gewoonte maar is, is die boeke sommer op enige plek op die rak teruggeplaas. Die COL van Collins en die VER van Verwoerd het op die een of ander wyse langs mekaar te lande gekom, en . . . hier is baie werk. Wie op aarde het *Animal Farm* tot die kinderafdeling verdoem?

Soos sy die boeke plaas waar hulle hoort, loer sy soms vlugtig in een. Noudat sy 'n volwassene is, het kinderboeke vir haar waarde slegs in die verbygaan, maar op 'n jonger en meer ontvanklike ouderdom sou sy ure lank oor die volgende kon

tob, in verwondering en nie met 'n geringe mate van vrees nie:
*Janfiskaal
sit op 'n paal;
sy hoed is stukkend,
en sy kop is kaal.
Janfiskaal
skree: "Ek is kwaad!
Ek sal jou hang
aan die hakiesdraad!"*

Sy maak die boek toe op dié sluipmoordenaar van die voëlryk. Plof! kom die eggo uit een hoek, -of! uit 'n ander.

Ander boeke: illustrasies van hekse met appels, ridders op perde (wit, natuurlik!), die prins wat buk om die slapende skone te soen . . .

"Wat klink die beste?" Anelda staan in die deur, en Cathy plaas die boek haastig in 'n opening tussen twee ander boeke, al is dit nie die regte plek daarvoor nie. "'In hierdie bergryke gebied lê die dorpie soos 'n pêrel in 'n oop skulp.' Nou: 'Dit is 'n slaperige plekkie wat sy oorsprong gehad het . . .'" Sy raak stil. "In Engels is dit 'a sleepy little town'."

"Wat van 'stil'?"

"Onvoldoende. Om te sê dié plek is stil, is soos om te sê die Sederberge is mooi."

"'Rustige'?"

"Miskien. Dit klink advertensierig genoeg. Wat van 'dooierige'?" en albei raak aan die lag.

'n B.A.-graad met Afrikaans en Nederlands en Engels as hoofvakke het Anelda bekwaam om al die vertaalwerk van die distrik te doen, maar daar is nie veel nie. Ongelukkig is dit so dat sy in haar ledige ure ook vir Cathy uit die werk hou.

"Terloops," sê sy nou, "het jy gehoor die Moolman-plek is verkoop?"

"Nee," vind Cathy dit moeilik om belangstellend te klink.

"Dis daai huis op pad na joune. Hulle sukkel mos al jare om dit aan iemand afgesmeer te kry."

"Ek weet van watter een jy praat, ja. Maar ek het nie geweet hulle súkkel –"

"O ja. Vrek gesukkel. Die ou ding wil uitmekaarval en die dak lek en daar is omtrent nie 'n heel ruit nie, en dít is die góéie punte."

"Wie het dit gekoop?"

"Ek weet nie. Ek het ook maar gehoor."

Die telefoon lui, en Alice tel op.

"Anelda, dis vir jou."

Anelda lig haar wenkbroue en kom antwoord. "Hallo? O dis jy, Marie." Haar suster. "Hoe gaan dit daar?"

Alice verlaat nie haar uitkykpos reg langs die telefoon nie. Haar enigste toegewing tot die privaatheid van die gesprek is om haar oënskynlik in haar sorteerdery te verdiep. Sy hou nie daarvan as haar helpers die telefoon gebruik nie, want netnou is daar iemand wat probeer skakel. Dit is nie iets wat dikwels gebeur nie, en Cathy het al gewonder of 'n biblioteek hoegenaamd geregverdig is op so 'n kultureel onderontwikkelde plek . . . maar dit is haar vooroordeel wat praat. Dit is nie asof daar niks is wat in die dorp se guns tel nie.

Wanneer sy afbuk na die onderste rak, stoot die reuk van muf in haar neus op, 'n reuk wat sy eerder met die argief sou wou assosieer. Gelukkig hoef sy nie dikwels daarheen te gaan nie. Maar selfs hier ruik dit nou asof die plek jare lank toe gestaan het. As jy egter 'n venster oopmaak, is die hitte oorweldigend.

Anelda is terug.

"Dit was gou," sê Cathy. Sy sien hoe die ander meisie frons. "Is daar fout?"

"Nee. Seker nie."

"Wat is dit?"

"Marie. Dit was 'n vreemde oproep."

"Hoe so?" Sy weifel. "Ek wil nie nuuskierig klink nie, ek dag net –"

"Nee, dis nie dit nie. Ek weet nie. Sy het gevra of dit ek is wat praat, so asof . . . Goed, ons sien mekaar nie so gereeld nie, want Riviersonderend is 'n helse ent hiervandaan, máár . . ."

"Partykeer klink 'n mens maar snaaks oor 'n telefoon."

"Toe sit sy neer."
"Wat?"
"Toe sit sy net neer. Sy het anders geklink."
"Het jy probeer terugbel?"
"Ja. Dis van die mik af."
"Ek is seker dis niks ernstigs nie." Cathy trek 'n stoel nader. "Sit jy, dan gaan maak ek vir ons koffie."

Wanneer die ketel fluit, vind sy die woord waarna sy en Anelda op soek was, maar die tyd is nie nou reg om dit te gee nie: Vreedsame.

2

Cathy stoot die biblioteekdeur oop. Die sonbesiekoor, wat voortdurend in die agtergrond gejil het, bereik 'n crescendo. En die hitte, asof gewaarsku dat daar 'n indringer aankom, neem toe.

Sy wonder of sy ooit weer gewoond sal raak aan hierdie plek, en of die vyftien jaar wat sy weg was nie te lank was nie. Twee jaar gelede nog sou die idee van terugkom, en meer nog, van hier blý . . . maar soos die tyd verbygegaan het . . .

As kind het sy altyd gewonder hoekom dit hier so snikheet kan raak, en ander kere weer so koud dat daar verlede winter swartryp was en jy aan jou vingers kon vat sonder om hulle te voel. Miskien omdat Botmasdorp lê en nestel tussen twee koppies, verskuil in die kimduiking asof die omgewing nie daarvoor aanspreeklik gehou wil word nie.

Maar nee, dít is die manier waarop sy nie meer aan die dorp moet dink nie. Sy het nie geweet daar is so baie spoke om te verdryf nie, tot sy om elke hoek in hulle begin vasloop het.

Die hoofstraat, by gebrek aan 'n beter woord. Oor vier minute en dertig sekondes sal sy by die ander punt wees. Die winkeltjies is halfhartige namaaksels van dié in stede, boublokkies wat deur 'n ongeïnteresseerde kind gepak is. In hierdie dorp is daar op 'n kleiner skaal gewerk as normaalweg, en dit is daarom dat sy so ingeperk voel.

En tog ook beskut.

Moord, diefstal en verkragting is dinge van die buitewêreld, dinge waarvan jy hoor, maar nie hier praat nie. In sekere mate het die dorp nooit volwassenheid bereik nie, en is daar nie plek vir enigiets . . . onaanvaarbaars nie. Soos alles wat vir die inwoners onbekend is, enigiets wat die moderne samelewing in al sy donker glorie 'n vastrapplek in die dorpie sou kon gee – dinge soos moord, en diefstal, en verkragting.

Die polisieselle is van rooi baksteen. 'n Gaping tussen die poskantoor en die kafee, en die landerye is van dieselfde rooi. Friesbeeste wei 'n ent verder, 'n swart-en-wit onenigheid in hierdie kleurskema. Die son bak die pigment totdat die skildery net-net te helder is.

Hierdie daaglikse stappie deur die hoofstraat is *a trip down memory lane* waarvan die bestemming nie altyd 'n goeie een is nie. Gedagtes is mos onbetroubare goed – sy onthou nog so lekker, en dan sal een herinnering 'n ander oproep wat eerder begrawe moes gebly het. Daarom het die hoofstraat, soos so baie ander bakens in hierdie speelgoeddorpie met net duskant 'n duisend inwoners – die boeregemeenskap ingesluit – vir haar meer as een assosiasie: dit is nie bloot 'n straat wat haar nou huis toe neem nie, maar ook die weg wat haar soveel jare tevore die dorp uit gedra het.

Sy kom agter dat sy tot stilstand gekom het. Vlekke op die beeste se huide is stukke van 'n legkaart. Sy kry lag vir die kinderperspektief – tyd om groot te word, Cathy.

Bloekombome, jakarandas, vlambome, wildevybome, wilgerbome, akkerbome. Vandag sien sy hulle weer raak, en alles wat hulle sê, is nuut.

Deur so lank alleen te wees – nege-en-twintig en sonder man! – glo sy het sy 'n innerlike gehoor ontwikkel waaroor sy vroeër nie beskik het nie. Dit is nie net 'n gepraat met jouself nie, so eenvoudig is dit nie . . . dit is 'n uitredeneer, 'n oplos van probleme, 'n introspeksie waartoe sy nie altyd in staat was nie. Ook dié dat sy sonder die sielkundige kon klaarkom. Siel*kun*dige. Laat hy sy eie siel ken.

Dit was nie die dorp waarteen sy dit gehad het nie, het sy

weldra besef, maar wat hier met haar gebeur het. En die enigste manier om dit te oorkom – want dit sou nie help om te probeer voorgee dat dit nie 'n verskil aan haar manier van lewe gemaak het nie – was om hierheen terug te keer.

Sy het die bopunt van die hoofstraat bereik, en draai af in Visserstraat. Dit is nog drie blokke van drie huise elk tot by haar huis.

Terug het sy gekom, na bloekomboom en bougainvillea en sonbesies wat die Heer prys met blye galme.

En o my siel, hier ís ryke stof. Dit kom sit in jou oë en neus en ore en mond as jy hulle op die verkeerde tyd oopmaak. Grond waarin alles groei. As die wind waai, is dit die wêreld vol.

Vreemd, daar ís 'n bries. Sy kom dit nou die eerste keer agter. In die hoofstraat moes die geboue dit afgekeer het. Hier help dit om die hitte te temper.

Soos altyd as sy hierdie punt in haar huiswaartse tog bereik, kyk sy na links, uit oor die velde en wat daaragter troon, 'n gesig wat amper vergete woorde in haar gemoed laat opkom. Maar die lied, wat geskryf moes gewees het in en vir 'n dorpie soos dié, dit sing sy nie hardop nie, want ongelukkig is daar sekere dinge wat jy verloor as jy jou kinderdae agterlaat:

Ek sien weer die ylbloue berge, daar ver oor die westerkim, en wonder nie meer waarom weemoed so sag uit my liedere klim, klim na die grys lug bowe, waar die son in die miste kwyn, want o ek verlang –

Toe sy van haar pa se dood gehoor het, het sy die prokureur laat weet, ja, sy sal in die huis kom bly. Dit was reeds afbetaal. Sy is 'n gekwalifiseerde bibliotekaresse, maar aangesien Alice reeds die pos beklee, was sy bereid om as assistent aangestel te word. Want om net heeldag in die huis te moet sit, met al die spoke wat wil weet wolf wolf hoe laat is dit . . .

Aan haar regterkant is die huis wat pas verkoop is. In 'n dorp waar bome volop is, is die tuin voor die huis buitengewoon lowerryk, sodat sy nie die woning kan sien nie. Boonop is daar 'n hoë heining, deur 'n hekkie onderbreek. Maar sy weet dat die huis moet lyk soos dié daaromheen – identiteitloos eensoortige geboue met verandas en nokke en luike en dik mure so wit soos die grafstene in die kerkhof, en met net soveel tekens van lewe.

'n Blok van haar huis af, sien sy al die figuur van die burgemeester by haar tuinhekkie. Wanneer hy haar sien aankom, kom hy in haar rigting gestap, maar maak asof hy besig was met 'n wandeling, en nou toevallig hier verbygaan. As sy kon terugdraai, sou sy, maar die man skuifel doelgerig nader.

"Catharina..." begin hy, en sy weet dat hy haar gaan vra om iets te doen. "Ek is bly ek loop jou raak. Snaaks, as 'n mens aan iemand dink..."

"Middag, oom Paulus," sê sy, en haat haarself vir die sieklik onderdanige manier waarop die woorde voor hom neerbuig. Maar dit is moeilik om lewenslange gewoontes net so af te leer, en maklik om in die groef vas te val: Ja, mense, ek sal dit doen, mense, vra maar vir my, want wie anders –

"Sien, ek wou jou vra..." hervat oom Paulus, en huiwer, soos hy sy benadering moes voorberei het.

En sy weet sy is veronderstel om te vra wat hy van haar wil hê, en dan sal sy dit moet gee; en tog, al voel sy al soos 'n meisie wat nooit nee kan sê nie, sal sy dit hierdie keer ook nie kan sê nie, net soos sy nie nou kan stilbly nie, al sou dit die vals ongemaklike trek op die oubaas se gesig dieper ets, 'n ongemaklikheid wat op paradoksale wyse eerder in háár posvat. Daarom: "Wat, oom?"

"Dit is in verband met die herdenking op die twintigste," raak hy saaklik noudat hy haar het waar hy haar wil hê.

Dit is nie nodig dat hy haar moet herinner watter herdenking hy van praat nie. Op Woensdag 20 Februarie word die honderdjarige bestaan van Botmasdorp gevier, en aangesien die komende verkiesing in die skeurstroom daarvan gaan plaasvind, is Paulus Dippenaar besig om dié historiese gebeurtenis met die nodige gewigtigheid te benadruk.

"Wat daarvan?" vra Cathy, want daar was weer 'n windstilte: tyd om te praat. Dit klink ongemanierd, en sy voeg "oom" by.

"Aangesien jou voorsaat een van die stigterslede was, het ek gedink dit sal gepas wees as ek jou vra om 'n toesprakie te lewer by die geleentheid."

"Maar –"

"Ek weet wat jy wil sê, Catharina." Daar is 'n streling oor haar naam, 'n persoonlike aanknopingspunt wat nie afgewys mag word nie. Dié benadering, weet hy – sy wéét hy weet – kan nie misluk nie; sy mag weier as iemand haar aansê om iets te doen, maar as hy vrá . . . "Jy wil sê jy bly nog nie weer lank genoeg hier nie, maar, soos ek altyd sê, een maal 'n Botmasdorper . . . Ek onthou jou nog vandat jy só groot was," beduie hy.

En jy behandel my ook asof ek nog so groot is, dink sy. Behalwe dat 'n kind nie so 'n toespraak sou hoef te maak nie. Haar handpalms sweet by die blote gedagte.

In plaas daarvan dat sy die nat palms oor haar verraderlike lippe plaas, het sy klaar "Goed dan" gesê, en is dit te laat.

"Ek het geweet jy sou instem," sê Paulus Dippenaar, en begin gereed maak om te vertrek. "Jy weet, 'n paar gepaste woorde. 'n Mooi boodskap. Ek dink, nie meer as tien minute nie." Hy moet iets in haar gesig sien, want voor hy aanstryk, voeg hy by: "Dit sou nie dieselfde wees as ek iemand anders sou vra nie. Jou van is Botma."

Wanneer sy die voordeur agter haar toetrek, voel sy nie die beskutting wat die huis gewoonlik aan die einde van 'n dag bied nie, want die benoudheid het saam met haar binnegekom.

My pappie en my mammie.

Mondeling op skool. Sy kon nie eens voor 'n klas vol maats ('n relatiewe begrip!) praat nie. Hoeveel mense sal daar nie op die byeenkoms . . . Hoe lank is dit nog? Twaalf dae. Oral in die dorp is plakkate wat dit verkondig. Dit is 'n bom wat binne haar begin tik het. Soveel dae nog voordat Catharina Botma – een van dié Botmas – voor haar dorpsgenote verneder word.

Of. Hoekom so negatief? vra sy haarself af. Omdat jou maag voel asof dit in 'n tuimeldroër was, wil-wil die antwoord kom, maar dit is die stem wat sy moet leer ignoreer as sy voortaan krag uit haarself moet put. Om te sê sy sien nie kans nie, sal 'n erkenning van haar eie nutteloosheid wees. En buitendien, sy het ja gesê. Aangesien sy dit móét doen, kan dit net sowel 'n goeie poging wees, en nie asof sy iets in reserwe hou nie. Soos dié in die verlede wat sy te bang was om aan te wend, want sê nou hulle was nie goed genoeg nie?

Dit is die ergste wat kan gebeur: om jou beste te gee, en dit skiet te kort. Sê nou . . .

In die kombuis lê die bestanddele van 'n tuna-pastei vir haar en loer. Skielik is sy te moeg om dit voor te berei, en buitendien, haar eetlus is saam met burgemeester Paulus Dippenaar in die stofpad af.

Sy begin stuk-stuk ontklee. Haar rok is nat onder die arms; was toe met jou. Die eerste keer dat sy haarself in hierdie spieël kon sien, moes sy op haar tone staan, en was haar borsies vormloos.

Ná haar ma se dood het haar pa alleen in die huis bly leef. En asof dit besig was om met hom te simpatiseer óf die spot te dryf, het die huis saam met die man agteruitgegaan. Dit het haar ontstel om die huis so aan te tref: al was haar herinneringe daaraan meestal ver van goed, wil niemand die woning waarin jy gebore is en grootgeword het so vervalle sien nie.

Omdat Elaine nie daarin belanggestel het om hier te kom woon nie, was die huis hare, Cathy s'n, en sy was ook aanspreeklik vir die restourasie.

Die plek lyk nog nie soos hy moet nie, besef sy, maar dit is gangbaar. Dit was soveel moeite om dit in 'n aanvaarbare toestand te kry, dat sy nie weet of sy die energie het om dit in iets besonders te omskep nie, iets wat sal sê: Hier woon Cathy Botma. Nié: Hier woon Catharina Botma, soveelste en soveelste lid van –

Sy sal 'n omelet maak, met eiers gelê deur 'n hen op mevrou Venter van langsaan se erf. Tamaties van meneer Terblanche van onder in die straat se tuin.

Sy gaan om die gordyne toe te trek voor dit donker raak, want sy hou nie daarvan om in 'n verligte vertrek te wees met die gordyne oop nie.

Ek sien weer die ylbloue berge.

Ver, anderkant die rand van die kom waarin die dorpie gereed maak vir sy slaap.

Ver, oor die westerkim.

HOOFSTUK TWEE

I

So nou en dan sal 'n paar ou tantes opdaag om romantiese ontvlugting te bekom, om reeds gedroomde drome in te ruil vir nuwes. Hulle dra die tradisionele kostuum in dié ellelange eenbedryf genaamd Botmasdorp: crimplene in al die kleure van die reënboog; die kledingstukke blom in die sonryp lug. Hul voeteval is gedemp, asof uit 'n ander vertrek; die huiwering van die vroeë herfs.

Hoeveel seisoene het aan daardie gesigte gestroop en gelas, wonder Cathy. Ons bekyk mekaar en nie een verander nie, maar gaan 'n paar jaar weg en siedaar! jy deins terug by aanskoue van die skade aangerig deur Vader Tyd, wreedste van al die vaders. Voorkoms en gedrag, nes meubels, word hier oorgedra van die een geslag na 'n ander, kosbaar dog soms kniehalterend.

'n Bloemryke rok kom die kinderkamer binne, en Cathy sak plat agter die rak in die middel van die vertrek. Sy het reeds die rakke teen die muur in orde; nou nog net dié een.

"Cathy?" Anelda is by die deur.

Sy hoop dit is nie weer iets oor Anelda se suster nie. "Ja?"

"Iemand vir jou."

"Vir mý?" Sy sit 'n paar boeke op die grond neer en skud denkbeeldige stof van haar romp af.

Anelda beduie met haar kop na die ontvangstoonbank en verdwyn.

Alice lyk asof sy nie gou genoeg van die man by haar kan ontslae raak nie. "Cathy, meneer Du Toit hierso is 'n verslaggewer. Hy soek inligting oor die dorp – hoe dit ontstaan het, en so meer. Sal jy hom help, of is jy te besig?"

Sy wil sê sy sal graag help, maar dit kom uit as "Ja . . . nee, goed."

Vir 'n man is hy nie te lank nie, en hy dra dalk een of twee kilogram meer met hom saam as wat wenslik is. Sy gesig gloei asof iets hom voortdurend amuseer, is dié van 'n duiwelagtige gerub, en die natuurlike blonde hare voltooi die prentjie. Alles in ag genome, is hy geensins Cathy se idee van 'n romantiese held nie, en die breë glimlag, wat sweerlik dikwels suksesvol teenoor potensiële oujongnooiens aangewend word, is 'n raam om 'n stuk werk wat sy slegs uit 'n estetiese hoek kan waardeer. Of word sy nou nes die alleenlopende tienermeisies wat elke nuwe manlike aankomeling op die dorp as 'n Moontlike Kandidaat beskou? So 'n meisie sou liries kon raak oor die blou van sy oë – bykans dieselfde kleur as sy hemp – en die manier waarop hulle alles om hom inneem, ook vir haar.

"Met hierdie trap af, is die argief," verduidelik sy aan die ander punt van die breë vertrek. Sy hou die deur oop en voel vir die skakelaar, en lig maak hier en daar en buite die diepste inhamme 'n aarselende verskyning. "Wees versigtig, die trap is nou, en steil." Sy wag vir hom; sy hou nie van mense agter haar as sy met 'n trap op- of afgaan nie.

Die argief het 'n vierkantige tafel van om en by twee meter, om by te werk. 'n Gangetjie lei direk vanaf die voet van die trap daarheen, met aan weerskante van die loopgang twee dakhoogte rakke wat, waar daar nie ou dokumente is nie, gevul is met onbenullighede of tydskrifte en manuskripte wat elders hoort.

"Dit is 'n interessante ontvangslokaal," merk die man op. "Sê my, waar is die argief self?"

Sy wil hom eers reghelp, voor sy besef hy maak 'n grap.

Dit is nou die geleentheid om hom 'n antwoord te gee wat hom op sy plek sal sit, want sulke gemeensaamheid... Maar sy optrede is tot dusver net aan die regte kant van die skeidslyn goeie/slegte maniere. Dit laat haar nie voel sy moet haarself verdedig nie. Daarom klink haar antwoord, "Ons is een van die min dorpe in die omgewing wat wel 'n argief het, meneer", nie bytend nie, maar apologeties.

"Peter," sê hy.
"Ekskuus?"
"My naam is Peter. En joune is Cathy."
"... Ja."
"Weet jy hoekom het clichés so 'n lang lewensduur? Omdat hulle so waar is."

"Ek volg nie."

"Byvoorbeeld: *What's a nice girl like you doing in a place like this?*"

Sy besluit dat sy van sy tipe humor hou. "Sal jy my glo as ek sê ek weet nie?"

Hy sit 'n tas op die tafel neer, en terselfdertyd slaan die deur aan die bopunt van die sementtrap toe, seker 'n reaksie op die oopmaak van die biblioteek se voordeur. Die dubbele knal laat haar skrik, en sy moet hard dink om te onthou wat sy volgende wou sê.

"Juffrou Spencer het gesê jy is 'n verslaggewer. Vir 'n koerant of tydskrif?"

"*Johannesburg Mail.*"

"Jy is ver van die huis af."

"Eintlik is dié my huis. Jy weet: *There's no place like home* . . . Maar dis 'n lang storie. Hoe laat sluit julle?"

"Ons maak eenuur toe."

"En wat gebeur hier op 'n Saterdagmiddag? Klim almal in hul doodskiste en hiberneer tot Maandag?"

Sy lag, en dit voel na 'n pluk aan haar wang, so ongewoond het sy aan dié basiese menslike behoefte geraak. "Hoe sinies," kry sy uiteindelik gesê.

"Sinisme is soos afgesaagde uitdrukkings. Altyd relevant."

"Ek moet vanmiddag werk." Hoekom het sy dit bygevoeg? Sy was nie eens seker hy wou haar uitvra nie, en as hy wou, het sy nou alles bederf. Sy weet ook nie of sy wou *hê* hy moet haar uitvra nie.

"En vanaand?"

Natuurlik wil sy dit hê. "Vanaand, niks."

"Het die dorp darem 'n eetplek?" vra hy, en hulle besluit op 'n tyd. Sy verduidelik waar haar huis is. Dan, asof 'n verdere gepraat in dié rigting die oomblik sal laat rens word, raak albei saaklik en sy wys hom waar om na te slaan vir inligting oor die dorp.

Wanneer sy in die dameskleedkamer is, klink dit vir haar asof iemand 'n spyker slaan in die muur langsaan, so klop haar hart. Seker van die klim teen die trap op . . .

"Jy's skoon laf," sê sy vir haar spieëlbeeld, en dié beaam die stelling met: Jy ken die man vir vyf minute.

Wat haar die benoudste maak, is die gemak waarmee sy ja gesê het. Dit is so lank sedert 'n man, en een van wie sy hou – en dit is te vroeg om dit te sê! – haar uitgevra het, en nog langer sedert sy ingestem het . . .

Dit was 'n fout. Wat sal hulle vir mekaar te sê hê? . . . vir mekaar te sê hê? eggo haar gesig vanuit die glas. Ek weet nie. Jy wéét nie? spot die ander, frons en word moederlik: Hy is nog daar onder. Gaan af en sê vir hom –

Nee. Al daardie aande wat sy alleen was – en nie omdat sy móés nie, maar wóú –, al daardie aande was vir hierdie onsekere alter ego. Vanaand is vir háár. Sy sal dit deursien.

Maar dit beteken steeds nie dat dit nie 'n fout was om in te stem nie. Dit is net soos met die burgemeester; 'n man vra iets, en . . . Eerder nie nou daaraan dink nie.

Sy het vanoggend, toe sy op pad hierheen was, 'n vreemde motor buite die hotel sien staan, met 'n Transvaalse registrasienommer. Min het sy toe geweet dat sy die eienaar daarvan voor die einde van die dag sou leer ken.

Sy betrap haarself dat sy iets nuuts in haar gesig soek, asof sy met 'n meer noukeurige waarneming nuwe dieptes, nuwe waarhede wil ontdek. Dit is egter – teleurstellend, maar waar – dieselfde ou gesig: mond, neus en oë, die een meer karakterloos en leeg as die ander. Dit alles binne die omlysting van 'n glanslose kapsel iewers in die niemandsland tussen *gentlemen prefer blondes* en *they marry brunettes*.

Wat sien hy tog in jou/my?

2

Want so lief het God die wêreld . . .

Christus hang aan die kruis, en soos Magriet lê, sien sy Hom van onder; eers die brons voete, die kleed, die arms wat strek na waar palms een word met die hout. Die kroon van dorings is nie sigbaar van waar haar kop in die kussings wegsink nie, maar sy weet dit is daar, so realisties en skerp dat toe sy met die aankoop van die beeld haar vinger daaroor beweeg het, 'n spatsel rooi aan een van die punte agtergebly het.

Sy wil haar hand lig om die ongeskonde witheid van haar vingertoppe te beskou, maar haar hand, dié wil nie.

Die kamer gee 'n geweldige ruk, sodat haar hand tog lewe kry en vervaard uitreik en die leë kapsulebottel van die bedkassie klap. Sy hoor dit rol oor die vloer, tot dit teen die een of ander versperring tot rus kom. Teen wat? Sy kan nie onthou hoe die slaapkamer daar uitsien nie. Sy weet dit is die slaapkamer, ja, want sy het nog in die gang afgekom . . . maar teen watter muur die bed is, en waar die kas, en waar die deur . . .

. . . dat Hy sy eniggebore Seun . . .

. . . en nou het ek ook. God wat my gedra het deur al hierdie lange jare, dra U my oor hierdie laaste skof, bring U my veilig tot by U, behoed U my . . .

Die kamer is besig om vinniger te beweeg. Sy is die kern van die spiraal, sy kring uit, *uit* –

Die mure skuif oop, word witter, helderder. Die voete van brons is nader, steeds nader. Na genoeg om te kan soen.

3

Voor hy haar kom haal het, moet sy erken, was sy op haar senuwees. Sy was soos gewoonlik weer te vroeg gereed, en moes sit en wag in die blou rok wat nie te formeel is vir die geleentheid nie, maar ook nie te dogtertjiesagtig nie. Elke nou en dan het sy haar verbeel sy hoor 'n motor in die pad afkom – asof 'n mens nie op 'n Saterdag vroegaand 'n motor 'n paar blokke ver kan hoor nie!

Haar grimering – te veel? te min?

Uiteindelik – al was dit presies halfagt, die tyd wat hulle afgespreek het, maar dit het haar gevoel hy is 'n uur laat – het hy opgedaag.

In die motor het nie een iets te sê gehad nie, en het hulle na die radio geluister.

Die restaurant word van die kafee geskei deur 'n rooi-en-wit blokkiesgordyn. Die tafeldoeke het dieselfde motief, wat in 'n ander omgewing 'n eenvoudige bekoring sou hê, maar hier slegs van swak smaak getuig. Hulle kon met hul aankoms kies by watter van die vyf leë tafels hulle wou sit.

Eers wou die gesprek nie vlot nie. Sy was bly as daar 'n onderbreking was, soos wanneer 'n kind kom om deur die video's in die staander wat normaalweg vir slapbandboeke gebruik word, te snuffel. Die lang stiltes is gepunktueer deur die klingel van muntstukke en die oop- en toeklap van die kasregisterlaai. Die voor die hand liggende onderwerpe is gou uitgeput – hoe dit met sy navorsing gaan, of sy nie die stad se klerewinkels mis nie . . .

En toe kom hulle op dreef. Sy vind dat sy idees met hom kan ruil en dinge kan sê wat vir min persone op die dorp sin sou maak en wat sy gevolglik ongesê moes laat.

"Nee, hier is nie veel te doen nie," antwoord sy op 'n vraag. "Gelukkig is ek lief vir lees. Kan ook seker nie anders nie, met my tipe werk."

Deur die rook van sy sigaret, wat hy opgesteek het ten spyte van sy voorneme om die gewoonte stop te sit, staar hy in die verte – na die geruite afskorting tussen kafee en restaurant, om presies te wees. "Ek het self hier gebly, jy weet. En was hier op skool, vir 'n jaar of twee. 'n Lang ruk terug."

"Hoe's dit dan dat ek jou nie onthou nie?"

"Ek is darem seker 'n jaar of wat jonger as jy," lag hy die ouderdomsverskil af. "Ek is hier weg en het by my ouma gaan bly, op George."

Sy wil eers vra of sy ouers dan oorlede is, maar, al gesels jy hoe lekker met iemand, daar is party vrae wat jy liefs vermy. Hy het haar kom haal met die motor wat sy voor die hotel sien staan het, maar tot tyd en wyl sy hom beter ken, kan sy nie weet waar daardie motor hom al oral besorg het nie. Daar is so baie wat sy nie weet nie. Sy voel aan dat hy iets wil bylas, en sy laat hom die opening.

"My ma bly nog hier op die dorp."

Nou kan sy dit vra, want hy sou nie dié inligting verskaf het as hy nie wou gehad het sy moet daarop reageer nie:

"Hoekom bly jy dan in die hotel?"

"Ons kom nie so goed oor die weg nie. Miskien moet ek eerder nie daaroor praat nie, want as 'n mens nie in vrede met jou eie ma kan leef nie, sê dit seker nie veel van jou nie."

Maar hy wíl praat, daarom moet sy nie nou die onderwerp sluit met 'n gemeenplasige "Ja, dit is so, maar wat kan 'n mens maak" nie.

"Dit is nie dat ek te veel my eie ding wil doen nie, ook nie dat sy te outyds is nie – nie in terme van hierdie dorp nie. Maar ons kon nooit . . ." hy beduie met sy hande "by mekaar uitkom nie. Jy verstaan."

Ja, sy verstaan maar te goed, maar wil nie sy woordevloei stuit nie, nie nadat hy haar in sy vertroue geneem het nie. En sy kan aanvoel daar is iets meer – en dit, so gou.

"So, ek bly maar in die hotel. Sal seker die een of ander tyd by haar 'n draai maak. Sy sit heeldag en luister na ou plate. Maar dit is nou vir eers genoeg oor my en my ma se verhouding. Dit is beslis nie die regte benadering as jy 'n meisie vir die eerste keer uitneem nie: om te gesels oor hoe jy en jou ma oor die weg kom."

"Dit is ten minste meer oorspronklik as WP se kanse vir die Currie-beker, of jou dae in die Weermag."

"Of hoe die teebos aankom."

Albei lag, en Heidi maak haar opwagting. Sy het skynbaar nou eers agtergekom dat daar klandisie is, of miskien ook nie, want die naels wat die spyskaarte – met 'n rooi-en-wit geruite patroon . . . – voor hulle neersit, glim van 'n skelnuwe laag lak. Sy verdwyn weer, parfuum en stywe jeans.

"Wat is die veiligste?" tik hy op die karton.

"Die biefstuk."

Toe Heidi terugkom om die bestelling te neem, kan Cathy sien sy wil aan die vreemdeling voorgestel word, maar sy sal dit nie doen nie, want die kelnerinnekepsie is teen 'n te berekende hoek op die rooibruin krulle gemonteer.

Nadat Heidi op haar notaboekie gekrabbel het, laat sy egter nie na om op te merk nie: "Jy weet, ek het jou byna nie herken nie, Cathy. Met al die grimering."

Cathy is dankbaar vir die gedempte lig, want haar wange raak warm asof sy koors het.

Heidi stap heupswaaiend weg.

"Wat 'n *bitch*," sê Peter onderlangs.

Die aand loop gevaar om vir haar bederf te wees, en hy moes dit gesien het, want hy sê: "Indien die grimering daar is om my onthalwe, dan wil ek net sê dit was nie nodig nie – ek het jou mos uitgenooi voordat jy dit aangesit het."

"Verskoon my." Sy gaan na die kleedkamer en was haar gesig skoon. Haar vel voel fris sonder die kamoeflerende masker.

"Dis beter," sê hy wanneer sy terugkom. "Party meisies is beter daaraan toe sonder die klomp verf. Kyk nou maar die tert wat hier aankom."

Heidi kom rapporteer: "Die tjips is op."

Hulle besluit op 'n slaai.

"My suster is beter met grimering as ek. Ek dink jy sou kon sê van ons twee is sy die *dame*." Sy voel vol waagmoed – dit is die eerste keer in 'n baie lang ruk dat sy met iemand oor dié onderwerp kan praat. "Haar naam is Elaine. Ons is 'n tweeling."

"Identies?"

"Ons lyk eenders, ja. Maar ons is verskillend ingestel. Sy is veel meer van 'n ekstrovert – 'n *go-getter*. Ons het 'n tyd lank omtrent nie 'n woord gewissel nie. Deesdae gaan dit beter, alhoewel ek lank laas met haar gepraat het."

"Klink soos ek en my ma."

"Jy sal sien, as julle eers begin praat . . ."

"Ek moet haar seker nie blameer dat sy is soos sy is nie. Ek was maar nog klein, toe het dit my al begin hinder. As jy kan praat van adolessensiepyne op tienjarige ouderdom, dan is dit wat ek gehad het. Alles wat ek gedoen het, was sondig in haar oë, al was dit iets soos 'n appel steel. Dan is ek gedreig met dié dissipel en daardie een, en was ek net op pad na één plek."

Daar is iets wat sy hom nog die hele tyd wil vra. "Het jy aangebied om hierheen te kom, of het die koerant jou gestuur?"

"Vreemd dat jy sou vra. Maar die feit dat Botmasdorp binnekort 'n honderd jaar oud gaan wees, is nie iets wat die *Johannesburg Mail* ontsettend interesseer nie. Ek moes hulle oortuig dat dit nuuswaardig is, en dat ek – aangesien ek familie hier het – die een is om die storie te dek. Nou wil jy seker weet hóékom ek wou kom?"

"Ja."

"Die antwoord is . . . Ek weet nie."

"Jy het net gevoel jy moet kom."

"Ja. Ek weet dit klink snaaks . . ."

"Nee. Ek verstaan. Ek was ook doodtevrede waar ek was, in die stad, maar ek het op 'n dag skielik gevoel ek moet terugkom. Dit was soos 'n magneet. My pa is toe pas dood, en die huis was leeg, maar dit was nie net dít nie . . . Die enigste verskil tussen jou en my is, ek is al meer as 'n jaar hier."

"Soos ek jou vroeër gesê het: *There's no place like home*. Wat natuurlik nie beteken dit is per definisie goed nie. Maar as jy jou kom kry, is jy terug."

"Ja." Dit is seker maar so eenvoudig.

Peter het 'n vulpen uit sy broeksak te voorskyn gebring, en is besig om dit oop en toe te skroef. Maar dit is nie uit senuweeagtigheid nie. Eers later kom sy agter wat sy doel daarmee was: Wanneer Heidi hul kos bring, en sy buk om die borde op die tafelmatjies te plaas, sê Peter: "Verskoon my, maar jou grimering het gesmeer," en vee met sy vinger onder haar oog.

"Dankie," sê Heidi, en staan terug. "Geniet jou ete."

Cathy is weer rooi in die gesig, maar hierdie keer is dit omdat dit so moeilik is om haar lag te beheer. Want onder die kelnerin se regteroog sit 'n swart inkblerts.

"'n Ridder verdedig altyd die mooie dame," sê Peter wanneer hulle alleen is. "En soos enige joernalis jou sou kon sê, die pen is magtiger as die swaard."

Hulle eet in stilte. Dit is 'n rustige stilte, van die soort waaraan Cathy gewoond geraak het saans in haar woonstel, en meer onlangs in die huis wat eers aan haar pa behoort het. Dit is die soort gemaklike stilte wat 'n mens net kan beleef as jy op jou eie is, het sy gemeen, omdat daar in die teenwoordigheid van ander altyd iets gesê moet word. Daarom het sy begin twyfel aan haar vermoë om ooit 'n positiewe verhouding met iemand, enigiemand, te kan hê. Want daar sal altyd maar weer 'n tyd kom – ná alles wat gesê moes word wel gesê is – dat sy alleen gelaat wil wees. En om nou hier, in Botmasdorp waar alles begin het, te moet ontdek dat sy al die jare verkeerd was, en dat 'n mens daardie rustigheid wat jy gedink het jy slegs in jouself kan vind, ook met 'n ander kan deel . . .

Iemand praat opgewonde in die kafee, maar hulle kan nie uitmaak wat die vrouestem sê nie, want niksseggende musiek het oor die primitiewe luidsprekers begin keel skoonmaak.

Dit is egter nie lank nie of tant Ans de Jager trek die afskorting opsy om te sien of daar iemand in die restaurant is aan wie sy haar nuus kan oordra. Sodra sy Cathy sien, helder haar gesig op, maar herwin sy gepaste melancholiese trek wanneer sy die aard van haar sending onthou.

Hoe ouer sy raak, hoe meer is sy 'n karikatuur van die soort ou tannie wat jy op 'n klein dorpie verwag: vet en vlytig, 'n voorslag by 'n kerkbasaar, maar met meer as 'n gesonde belangstelling in ander se doen en late. In die dorp help sy met die bevallings, en lê ook lyke uit.

Sy trek 'n stoel uit by die tafel langs hulle s'n, en gaan sit. "Cathy, ek het so pas die verskriklikste nuus verneem."

En dit is duidelik dat die vrou nie oordryf nie. "Wat, tant Ans?"

"Jy weet, Magriet? Mevrou Du Preez?"

"Ja?"

"Sy het selfmoord gepleeg. Vanmiddag."

"Maar hoe –"

"'n Oordosis pille. Dis oor haar seun. Barend. Ek dink nie jy sal hom ken nie, hy bly mos lank nie meer hier nie. Hy is dood – vermoor, of so het ek gehoor, maar ek kan nie vir die waarheid daarvan instaan nie."

"Hoe lank gelede?"

"So twee dae. Arme vrou, sy kon nie die skok verwerk nie. Nogal haar enigste kind ook, en sy, 'n weduwee. En hulle, nog een van die ou families." Sy staan op – daar is baie mense wat nog nie weet nie. "Maar ek wil julle nie langer uit die eet hou nie. Ek dag net jy sou graag wil weet."

Tant Ans het al 'n tree deur se kant toe gegee, maar draai dan terug. "Jongman, ek dink nie ons . . ."

Hy staan op om haar hand te skud. "Peter. Du Toit."

"Dalk familie van mevrou Du Toit, van Van Zylstraat?"

"My ma."

"O? Ek het net eergister met haar gepraat, en sy het niks –"

"Sy het nie geweet ek kom nie."

"Dit moes vir haar 'n groot verrassing gewees het."

"Ek was nog nie by haar nie."

"O." Die klank is so veelseggend en tekenend van tant Ans se opinie van seuns wat in die dorp aankom en nie dadelik na hul moeders gaan nie, maar saam met die biblioteek-assistent in die restaurant sit, dat sy dit weer moet uiter: "O. En sê my, hoe lank gaan jy vertoef?"

Dit is nóg 'n vraag wat Cathy wou vra.

"Twee weke of wat."

"Ek moet gaan," sê tant Ans. Cathy sien nou eers dat haar rok amper dieselfde patroon as die restaurant se dekor het, maar met groter blokke, en in wit-en-groen, 'n groen wat mooi sou gelyk het by 'n jong meisie. Haar hare is styf agter haar kop vasgemaak, en die breë gesig glinster van die hitte wat in die vroegaand verminder het, maar nog nie opgeskort is nie. "Weet julle, ek kan nog nie daaroor kom nie . . ."

Ná sy weg is, proe die kos na dooie dier, en nie een voltooi die maaltyd nie.

En met hulle vertrek, kan Cathy Heidi nie in die gesig kyk nie. Die merk sit steeds onder haar oog. Dit is asof haar pupil begin lek het, en die swart tot op die vel afgeloop het.

Dit is so koelwarm buite dat hulle besluit om na haar huis te loop. Hier en daar verlig 'n lamp die hoofstraat, vernou die omgewing tot 'n tonnel waarin hul voetstappe verdubbel, verdubbel. In Visserstraat is die lamppale nog verder uitmekaar. Dit lyk of hulle in die lug hang, rytuie van besoekers van 'n ander planeet.

"Het jy die vrou geken?" vra Peter. "Die een wat dood is."

"Nee, net van sien. Maar ek het haar gereeld gesien."

Hulle loop soos ou vriende langs mekaar; vir eers nie meer as dit nie. Cathy voel die ongelykheid en klippe in die pad déúr haar skoensole.

"Sy het altyd boeke van Barbara Cartland uitgeneem," voeg sy by, asof dit van belang is.

Hulle is stil daarna, tot sy sê: "Kyk, daar's lig."

"Hier's orals lig, in al die huise."

"Maar hierdie een, jy sal nie weet nie, hulle het blykbaar lank gesukkel om iemand te kry om dit te koop. Gister laatmiddag en vanoggend toe ek hier verby is, is ek seker was hier nog niemand nie."

Dit is net 'n enkele lig, deur die digte begroeidheid van die tuin voor die huis.

'n Blok en 'n half later is hulle by haar huis.

Sy weet sy is veronderstel om hom in te nooi, maar sy het baie om oor na te dink. En as hy oor twee weke weer weg gaan wees . . .

Nie een van hulle kom sover om iets te sê oor die volgende dag nie.

"Wel," sê hy aan die een kant van die tuinhekkie, sy aan die ander. "Goeienag."

"Goeienag."

HOOFSTUK DRIE

I

"Ons lees vandag saam uit Markus 5, vanaf vers 21."

Dominee Vollgraaff wag dat die gemeente die betrokke plek in hul Bybels vind. Gekleurde lig val deur die vensters en omskep die kerkgangers in harlekyne: die veer in Debora Meyer se hoed het 'n oranje tint, terwyl Gabriël Smit se bles in blou en groen helftes verdeel word, en Ans de Jager 'n rooi kol oor haar neus het.

Dit was nie nodig om almal se name te leer ken toe hy as predikant aangestel is nie; sy vader was hier predikant voor hom, en hy het hom meermale op huisbesoek vergesel. Soos daar by hom geen twyfel was oor die beroep wat hy sou beoefen nie, net so het hy altyd geweet wáár.

Die gemeente het opgehou vroetel, so ook Bertha du Toit. Sy sal seker nooit sover kom om 'n bril te koop nie, maar die Bybel is oopgeslaan – iewers in die middel – asof sy die regte plek gevind het, en sy sit soos die mense om haar, met die kop gebuig, wagtend op die boodskap.

Hy begin lees, en sy stem vul die kerk sonder dat hy hoef te projekteer; bot plowwe in die konkawe nisse, 'n luidspreker met te veel bas: "Jesus het daarna met die skuit teruggevaar oorkant toe en toe Hy nog daar by die see was, het 'n groot menigte om Hom saamgedrom. Een van die raadslede van die sinagoge, 'n man met die naam –"

Iemand – 'n tuinier, op 'n Sondag? – het voor die venster verbybeweeg, en die skaduwee verdring vir 'n oomblik die spektrum wat die kerkruimte binneskyn, sodat 'n hoedeveer verdor tot swart, 'n neus van vel gestroop word.

Dan is die figuur verby. Die son is nie meer so helder as vroeër nie, die juweelkleure het aangeslaan.

Hy het sy plek verloor, en moet soek in die Bybel wat op die kansel voor hom oop is.

"... met die naam Jaïrus, kom toe daar aan. Net toe hy vir Jesus sien, val hy op sy knieë voor Hom en smeek Hom dringend: 'My dogtertjie lê op haar uiterste. Kom lê tog u hande op haar, sodat sy kan gesond word en lewe...'" en kan hoereer, soos haar gewoonte was, daarom dat sy die lewe gelaat het.

Hy weet nie waar die woorde in sy kop vandaan kom nie, weet ook nie hoe hy dit reggekry het om hulle nie te uiter nie. Die hande wat die kante van die kateder vasklou, is klam van skok. Sy tong is swaar met dit wat hy wíl; lig en beweeglik met die wil van iets anders.

Aan die gesigte voor hom kan hy niks agterkom nie. Hulle is besig om in hul Bybels te volg, en het nie gemerk daar is fout nie.

Hy lees versigtig verder, asof sy stem 'n hond is wat skielik vir sy baas begin knor het. Die stuk is vir hom bekend, hy weet nie hoeveel keer hy dit al gelees het nie, maar nou, asof hy 'n bifokale bril dra, sien hy beide Woord en beeld, en is daar 'n onderstroom van skisofrenie in die verse. Hy weet nie hóé hy die gedeelte van die siek vrou wat Jesus se kleed aangeraak het, gelees kry sonder om self siek te raak nie. Hy kan hom die vrou se bloedvloeiing in soveel detail voorstel dat die mense wat na die Skriflesing luister, swemmers word in 'n kaskade bloed wat neerklater, 'n klomp babas wat daarteen afgly. Dié hersenskim laat hom gryp na die glas water, om iets tussen sy mond en sy gehoor te kry.

Hy sidder oor dit wat hy wil sê. Wat gebeur met my? vra hy homself af in 'n oomblik van helderheid wat die vraag toelaat, maar nie die antwoord nie.

"Hy het ingegaan en vir hulle gesê: 'Wat raas en huil julle so? Die kindjie het nie gesterwe nie, sy slaap net.'"

Hy kan nie meer sy stem hoor nie. Die nuwe vermoede is te sterk: Daar lê die meisie, wit soos die dood haar geverf het, en wie kan sê sy sal dieselfde wees as vroeër, as sy weer leef? Wat van dít wat sy geleer het gedurende die tyd wat haar siel buite haar liggaam was, vry om te verken? Wie kan sê dit sal dieselfde siel wees wat na hierdie liggaam terugkeer? Agter die geslote ooglede kan enigiemand lê en skuil, 'n vampier wat met graagte die bevel gehoorsaam om op te staan.

Sy hande is nie meer aan die kateder geklem nie: hulle bewe te

veel. Die kerk is so koud soos Christus se graf – en wie is hy om te wil glo die Een wat uit dáárdie dood –
Die duiwel is 'n meester van vermomming.
Dit is alles 'n leuen.
"Hy vat toe die kindjie se hand en sê vir haar . . ." Hy kan nie verder nie, want hy kan nie dié kind laat opstaan en op sy kudde loslaat nie. "Ek is jammer," sê hy, en hoor hoe die Bybel val – en val, en val in die eggo-val – terwyl hy die preekstoel verlaat, uit by die deur na die klein portaal, uit na –
'n Figuur het agter die bougainvillea verdwyn, so vlugtig dat net die nabeeld aan die rand van die struik hom verseker laat weet dat dit nie sy verbeelding was nie; die een oomblik daar, die volgende –

2

"En wie is dit almal dié?" vra Peter.

Hy het 'n halfuur tevore by haar huis opgedaag, die tee is klaar gedrink en hy is besig om 'n foto in 'n dik swart raam teen die muur te bestudeer.

"Familie van my," roep sy van waar sy regpak in die kombuis. Omdat sy besoek onaangekondig was, het sy nie kans gehad om die plek aan die kant te maak nie. Maar dit lyk nie of hy omgee nie, want eers het hy gesê sy moet die koppies los, en toe sy dit wel was, het hy afgedroog.

Hy het in die kombuisdeur kom staan. "Jy het my nie gesê jy is een van dié Botmas nie."

"Dié Botmas?"

"Na wie die dorp vernoem is."

"Dit maak mos niks van my nie."

"Seker nie."

"Wie het jou gesê?"

Hy haal sy skouers op. "Mense."

"Dit was my oupa se oupa. Weet nie wat maak dit hom van my nie. Oerouer – is daar so 'n woord?" Sy loop saam met hom terug na die sitkamer, na die foto teen die muur. "Hy was een van die stigterslede. Goed dan, dié stigterslid. En die mense by hom is die eerste gesinne. Hy is die een in die middel."

Die foto is baie dof, en boonop is die persone daarop van 'n afstand afgeneem. In die middel staan 'n man, van wie die grys skynsel van 'n gesig deur 'n vilthoed omlys is, en rondom hom 'n stuk of twintig mans en vrouens, in die kleredrag van dié tyd.

"Hierdie ding is miskien waardevol."

"Dit hang maar daar vandat ek kan onthou. Ek kon dit nie oor my hart kry om dit af te haal nie, dit is so deel van die huis."

Soos die rusbank en bonkige stoele van weerstandbiedende materiaal, en die res van die vertrek waaroor hy swiepend kyk.

"Ek sal bly wees as jy my 'n afdruk daarvan sal laat maak. Vir my storie."

"Sekerlik. Hoe vorder jy?"

"Voorbereiding, inleiding; dis agter die rug. Agtergrond, atmosfeer. Nou wag ek vir die groot gebeurtenis. Vir die redakteur is dit 'n te lang wag, ek is seker ek gaan 'n paar dae verlof verloor."

"En dit vir die groot gebeurtenis? Die groot antiklimaks, bedoel jy." Sy vertel hom van die toespraak wat Paulus Dippenaar haar gevra het om voor te berei.

"Jy sal sien, dit sal goed gaan," sê hy, en sy wens dit was so maklik. Albei is 'n oomblik stil terwyl sy dink hoe sy haar toespraak kan laat begin, dan vervat hy: "Ek het jou gisteraand nie alles vertel nie. Toe ek gesê het ek het hiernatoe gekom omdat ek wou. Dit ook, ja. Maar dit was meer as dit."

"En dit is?"

"Ek het 'n oproep gekry. Baie swak lyn. 'n Man. Hy het gesê daar gaan iets groots hier gebeur. Iets wat 'n goeie storie sal uitmaak."

"Miskien 'n grapmaker?"

"Miskien. Maar ek het nie die feit geadverteer dat ek bande met Botmasdorp het nie. Ek kan nie sien hoe . . ."

"Is dit al wat hy gesê het?"

"Ja. Ek het nog vir niemand anders daarvan gesê nie."

"Dan weet hy, wie hy ook al is, meer as ek. Want ek weet daar gebeur nooit iets groots hier nie."

3

Alice loop altyd Sondagmiddae 'n ent. As sy stap, kry sy perspektief. Anders raak die lewe asof jy dit van agter glas sien.

Sy was by die kafee aan, maar nie vir lank nie, want 'n jongeling se gewerskaf met 'n bliepende video-speletjie het haar uitgedryf. Hoe baie soos die diagram op die masjien se skerm is die dorp se uitleg nie, dink sy – netjiese blokke gepak met ewe veel huise, lekker breë strate sodat die slagoffertjie plek het om te maneuvreer terwyl hy vlug vir die monster. Dié is op soortgelyke wyse daarop geregtig om in 'n systraat af te beweeg en twee, drie blokke verder te gaan wag.

Op sommige verandas, in die skaduwee, is daar mense aan 't wieg in leunstoele, metronome in dié tyd wat stilstaan. Ander slaap, en die dorp is swygsaam.

Die skuur van blaar teen blaar is die geluid van 'n kleed wat afgewerp word.

'n Asemhaling.

'n Asemophou.

'n Melkerigheid het oor die lug gekom, en net enkele ooptes laat nog strale deur. Soos kolligte in 'n bedwelmde se droom laat dit plek-plek areas bloei met 'n onaardse skittering. Die landskap is gewoond aan 'n oormaat lig. Nou is dit vreemd en leweloos, 'n skoustuk nadat die toeskouers dit agtergelaat het.

Ook op die voorstoep aan haar linkerkant is 'n oom aan 't wieg, en sy sien haar omgewing uit sy oë – skuifelend en onstandvastig; moederaarde vrugbaar en immergroen, met 'n dieper, meer volwasse bruin aan haar boesem, en grys aan haar kruin.

'n Systraat neem haar tot by die biblioteek. Die sleutel vir die ingang is aan dieselfde houer as dié vir haar voordeur.

Sy loop eers om die gebou. Die roosbome moet gesnoei word. En soveel onkruid!

Die tuinier sal vervang moet word. Aan die agterkant van die gebou is daar 'n diep voetspoor in een van die beddings. Van die struike is gekneus en geknak.

Dan sien sy die stukkende ruit raak.

Kinders wat met 'n bal gespeel het? Maar die voetspoor is nie dié van 'n kind nie.

Dit kan tog nie wees dat iemand gekom het om iets te steel nie. Die biblioteek is seker die laaste plek op Botmasdorp waar iemand sal inbreek!

Maar dit sal nie kwaad doen om ondersoek in te stel nie. Dit is 'n goeie ding dat sy hierlangs gekom het. Sy sluit die voordeur oop.

Sê nou hy is nog binne?

Die deur swaai oop, met 'n kraak.

Sover sy kan sien, is alles waar dit moet wees, maar dit help nie om hiervandaan te staan en kyk nie. Sy maak die deur agter haar toe, saggies.

Die ontvangsgedeelte is netjies, soos sy dit agtergelaat het. En daar is niemand agter die toonbank verskuil nie.

Ook nie in die kinderkamer of die vertrek waar Anelda haar vertaalwerk doen nie.

Al die vensters is heel agter die toe gordyne. Die stukkende ruit is in die dameskleedkamer.

Sy stoot dié deur oop, en verwag half om 'n krieketbal op die grond te sien lê, maar daar is slegs die helderte van opgevryfde teëls.

Die knip is stewig vas, maar dit sê niks nie, want dit kon weer –

'n Gesig beur op haar af: haar eie, in die spieël. Die lig teen die dak val uit so 'n hoek dat die spieël 'n onvleiende beeld gee van wie ook al in hom kyk. Haar skraal figuur is uitgeteer en daar is iets obseens aan die lippe wat sy met sorg ingekleur het voor sy met haar wandeling begin het. Die plooie lê dieper as wat sy hulle onthou.

Alles in die biblioteek is op hul plek.

Al wat oorbly, is die argief.

Die reuk van muf kom haar by die bopunt van die trap tegemoet. Sy verwag amper om mos teen die mure te sien groei. Wat sy wel sien, selfs van hierdie afstand en in die karige lig, is 'n leë rak langs die vierkantige tafel.

Dit was nie vroeër leeg nie.

4

Die nag kom stadig nader.

Presies wanneer die son ondergaan, is moeilik om te sê, want die mistigheid het geleidelik donker geword. Die inwoners se horlosies sê egter dat dit nou aand moet wees.

En in die privaatheid van hul eie wonings maak elk op sy of haar manier gereed vir hul nagrus:

Anelda het haarself aan die slaap gelees, en wanneer sy wakker skrik, is dit net om die lig af te skakel. Môre is Maandag – hoe aaklig.

Heidi skeer haar beenhare. Dit is 'n taak wat sy verafsku, maar dit hoef nou eers oor 'n week weer gedoen te word. Daarna bad. Dan slaap.

Dit is genoeg musiek vir een aand, besluit Bertha du Toit. Sy het nie so baie 78's nie, en sy is bang om moeg te raak vir hulle. Sy haal die plaat van die grammofoon se draaitafel en laat die blad sak. Dit is nie net haar bysiendheid wat veroorsaak dat sy sukkel om die groot, swaar plaat in sy omslag te kry nie. Die plaat is "Mamma", soos gesing deur Beniamino Gigli.

Peter skuif die papiere op 'n hoop aan een punt van die goedkoop hotellessenaar. Môre is nog 'n dag.

Die nag kom, met die flap van vlerke.

Paulus Dippenaar het die deure en vensters op knip, en die hond is buite. Hy sien nie uit na die week wat voorlê nie – so baie voorbereidings om te tref . . . Hy trek die dekens terug, maar twyfel of hy sal kan slaap, want die tong van die kerkklok sê eerder staan op as gaan slaap.

Die nag is hier.

Die mistigheid vat jou terug na die Victoriaanse tyd, dink Paulus Dippenaar waar hy in die middel van die pad loop. Daar is iets Londen-agtigs daaromtrent en al wat kortkom, is gaslig en koetse. Die pad kon met 'n bietjie verbeelding van keisteen wees.

Hy het probeer slaap, maar kon nie. Sy brein was ooraktief, en hy het hom gekwel oor dinge waaraan hy moontlik niks sal kan doen nie, of wat waarskynlik nie sy tussenkoms nodig het nie.

Die mis herinner hom aan 'n tegniek wat hy op televisie gesien het: 'n terugflits, en die beeld begin dof word, swem. So ook hier. Voordat hy dink hy moet 'n hoek bereik, is hy al daar; die takke van 'n boom is na die straat gekeer terwyl hy altyd gedink het hulle hou hulself bak om die huis. En deur dit alles wil die newels vorm aanneem, is dit sy swygende metgesel.

'n Asemophou.

'n Asemhaling.

Die maan is 'n flits in 'n slaapsaal, die huise toe onder lakens. 'n Dubbelverdieping is 'n hemelbed, met die gordyne dig. Die mense wat hier woon, sal eers môre terug wees. Intussen behoort die huise aan dié wat hulself bedags gedienstig voordoen, die muise wat die daglig wegwens.

Daar sal iets gedoen moet word aan die onkruid. Die veld aan sy linkerkant is 'n mengelmoes van dissels en nagbloeiende blomme. Elke kiesel in die pad het 'n skaduwee drie maal so lank. Sy eie vorm groei voor hom uit in 'n groteske parodie, geïntensiveer.

Die regterkant van sy gesig voel eensklaps asof iemand 'n hand daarop gelê het, en dit is dít wat hom laat omkyk.

Hy trek sy asem so diep in dat hy seer kry. Dan moet hy stilstaan totdat die dowwe slag in sy borskas effens afneem.

Die man is onder 'n boom, buite bereik van die lamplig. Hy maak geen beweging in die burgemeester se rigting nie, maar wag vir hom om nader te kom. In sy jas en hoed is hy 'n donkerte teen 'n donkerder agtergrond, sigbaar slegs vanweë die trae verplasing van die takke in die bries wat saam met die mistigheid die dorp binnegesypel het.

"Ek het u nie gesien nie," sê Paulus. "Goeienaand."

"Goeienaand," sê die man, en Paulus kom agter dat sy stem deur die mislug vervorm word.

Dit moet die nuwe eienaar van die Moolman-plek wees, dink hy. Hy en die dominee moes al by die man gaan besoek aflê het om hom in die dorp te verwelkom, maar met so baie dinge om te doen . . .

"Jy's laat wakker," sê die man.

Jeiheis lahet wakr.

"Kon nie slaap nie," sê Paulus.

47

Nou beweeg die man nader aan hom. Paulus kan nie sy gesig sien nie, want die mis is oor die maan.

"Gee jy om as ek saamstap," sê die man, en hy het reeds begin stap.

Paulus wonder hoe hulle sal lyk vir 'n persoon wat opstaan om 'n venster toe te maak: twee figure, hierdie tyd van die nag, teen die gryswit agterdoek.

"Jy is die burgemeester," sê die man.

"Dis reg, ja. Ons het nog nie ontmoet nie. Hoe voer u die van?"

"Botma."

"O? Dan is u op die regte plek!"

Die ander man is stil.

"Baie welkom hier by ons. U het seker al agtergekom die dorp is baie . . . rustig. Dit het die tipe atmosfeer wat maak dat stadsmense sê dis 'n spookdorp, of 'n dorp vir ou mense. Ook nie sonder rede nie. Die meeste mense hier is bejaard, want die jongeres wil mos so gou as moontlik stad toe."

Hy gaan staan, want die man het tot stilstand gekom. Hulle is voor die man se huis. Kon hulle so vinnig geloop het?

Die man kyk uit oor die veld, tot by die punt waar die mis soos 'n muur verrys. Hy staan half met sy rug na Paulus gekeer.

Paulus vra: "Kon u ook nie slaap nie?"

Dit is asof die klank van sy stem die man aktiveer. Hy draai na hom asof hy opnuut van sy teenwoordigheid bewus geraak het.

"Ek het vir jou gewag."

Hy kom nader. 'n Speek maanlig verlig 'n deel van die padkaart-gesig, 'n geërodeerde landskap, donga op donga.

Sy hand reik uit, maar Paulus het begin hardloop, die veld in. Hoekom, dit weet hy nie.

Hy sou weggekom het, as dit nie was vir die gedeelte waar die grond ingesink het nie. Hy val met sy arms oop asof in aanbidding van die aarde. Sy asem . . .

Die man is by hom, en rol hom om sodat hy op sy rug lê. Sy hand beweeg na Paulus se gesig.

"Moenie," probeer hy keer.

"Indien dit enige troos is," sê die man terwyl sy vingers 'n klou vorm, "julle het dit aan julleself gedoen."

HOOFSTUK VIER

I

Cathy luister na die reëlmatige gelui terwyl sy by die venster uitkyk.

Soos die weer gister was, so is dit vandag, maar die grysheid in die lug het 'n digter tekstuur, asof 'n sluier oor die dorp gespin word: eers gaas, nou tulle. Eers was sy bewus van 'n koelte te midde van die gebruiklike Februarie-hitte; nou het dit ontaard tot 'n volwaardige koue, en is sy in dik wolklere toegewikkel soos vir 'n Europese Kersfees. Sy sal nie verbaas wees as daar sneeu is op die berge wat nou nie meer sigbaar is waar hulle soos bastions oor die vallei troon nie.

Alice het iets by haar huis gaan haal, en Cathy maak van haar afwesigheid gebruik om na Durban te bel. As Alice nog net 'n ruk lank wil wegbly . . .

Maar niemand antwoord nie.

Sy het die laaste ruk die gevoel sy moet met Elaine in verbinding tree. Dit is jammer dat hulle so min kontak het, want wat gebeur het, was tog nie een van hulle se skuld nie.

Eers was hulle so na aan mekaar, so op mekaar aangewese, dat hulle in 'n laat stadium nog 'n eie taal gehad het. Tot dusver, voor Peter se koms, was Elaine die enigste persoon met wie sy kon kommunikeer sonder dat sy iets weggesteek het, of gevoel het sy moes.

Sy plaas die gehoorbuis terug op sy mik.

Nou-nou weer probeer.

Hulle was seker so tien jaar oud toe hulle een oggend vroeg die tou langs die buite-toilet gespan het. Die nagwa het op presies die regte tyd in die pad afgery gekom, en hulle het giggelend onder 'n struik gelê en wag vir die man wat die vol slopemmer moes kom verwyder. En toe, die pluk van die tou in die donker, en die dubbele plof van man en emmer wat val, en sy gemompelde "Sies, hoe vol kak is ek nou".

Hulle het natuurlik daarvoor geboet, later.

"Wat is dit nou?" roep Anelda uit die vertrek langsaan. Sy moes Cathy hoor lag het.

"Sommer niks."

Alice se huis is nie so ver nie; Cathy skat sy het nie meer as vyf minute oor nie voor sy terugkom. En die hel sal los wees as sy moet agterkom dat 'n werknemer privaat oproepe maak op die biblioteek se onkoste.

Tyd om weer te probeer. Met die gehoorbuis teen haar oor wag sy vir die sentrale op Clanwilliam om antwoord te gee.

"Hallo," kom die toonlose stem, dof en verwyderd. Dit klink nie asof die vrou tien kilometer ver is nie, maar eerder aan die ander kant van die aardbol.

"Kan ons weer probeer vir Durban, asseblief?"

"Daar is nie antwoord nie."

"Ek weet, maar kan ons weer probeer?"

"Gee weer die nommer."

Cathy herhaal die nommer vir Elaine se woonstel, en wag. Die telefoon begin lui aan die ander end. Die dooie spreekbuis is so 'n bevestiging van die afstand wat tussen haar en haar suster gekom het, dat Cathy ná 'n paar sekondes aflui.

Dit is nie eens vir seker dat Elaine nog die woonstel het nie. Van kleins af was sy die een wat alles op die proef wou stel, wat *oral* wou wees, skynbaar vreesloos.

Die oggend, op pad na die kindersielkundige, op haar ma se aandrang . . .

"Onthou, julle moet hom alles sê wat hy wil weet," sê hul pa terwyl hy oor hulle buk, "maar niks wat julle nie moet nie."

"Los die kinders," sê hul ma. Haar stem was altyd sag, asof dit van ver af gekom het.

Wanneer Alice die voordeur oopstoot, is Cathy op pad weg van die ontvangstoonbank.

"Cathy," keer die stem haar.

Alice het 'n paar verskillende maskers – gesigte wat sy opsit soos sy hulle nodig kry. Daar is een vir wanneer 'n BBP 'n boek kom soek, 'n ander vir wanneer 'n boek laat terugbesorg word. Die een wat sy nou dra, sê: Dit is 'n onaangename taak, maar dit moet verrig word.

"Ek weet nie of jy al gesien het die ruit in die kleedkamer is stukkend nie."

"Ja, ek het. Net ná jy weg is, het De Wet gebel om te sê hulle sal eers vanmiddag iemand kan stuur om dit te kom herstel. Hy sê –"

"Laat ek klaar praat, asseblief. Was jy al in die argief?"

"Nee."

"Wel, iémand was. En hy het alles wat hy kon kry in verband met Botmasdorp van die rak verwyder. Geslagsregisters, naam- en adreslys, stukke oor die ontstaan van die dorp, belangrike gebeurtenisse in die verlede, noem maar op. Die Botma-dagboek ook."

"Is jy seker? Wie sal –"

"Natuurlik is ek seker. Sal ek nou nie weet wat in my eie biblioteek is, en wat nié?"

"Ek het nie –"

"Ek was reeds met die polisie in verbinding. Lyk my hulle slaap. Dan is daar iets wat ek jou wil vra. Jy is bevriend met daardie joernalis. Die een wat Saterdag hier was."

Sy kan sien waarop die gesprek afstuur. "Ja." Dit is niks om oor skaam te wees nie. "Maar hy sou nie . . . Hy het fotostate gemaak."

"Ek weet. Maar as jy hom weer sien . . ."

"Ja."

Want wat, moet sy erken, weet sy eintlik van hom, van hom met sy ondeunde teddiebeer-gesig, met 'n suggestie van horinkies onder die sagte wol? En selfs al ken jy iemand, kan jy hom ooit –

En wie is sy om dit te wil weet? Soveel jaar tevore . . . die man met die simpatieke uitdrukking het oor haar hare gestreel, en sy het nie eens weggeskram nie, omdat dit 'n antwoord op sy vrae sou wees.

Hoe kan *sy ander* wil ondervra?

Niks is verkeerd nie, het sy die man verseker.

2

Die lug het verdonker. 'n Enkele stroom lig bloei deur die gapende wond in die grou huid.

Heidi dink egter nie dit sal reën nie.

Sy dra 'n trui oor 'n stywe langbroek; dieselfde uitrusting as vanoggend, toe die man haar op ondubbelsinnige wyse die rol tienrandnote in die restaurant laat sien het, met sy adres aangebring op die noot wat hy onder 'n piering gelaat het. Haar skoene se hoë hakke is egter meer gepas vir 'n teëlvloer as die klipperige pad waarin hulle nou moet diens doen. Maar sy sal sulkes dra solank sy kan, voordat sy word soos al die ou tannies wie se enkels oor hulle dikhakskoene wil hang.

Sy het eers getwyfel of sy moet kom, maar die gedagte aan die groen note het enige gewetenswroeging gestil. Sy sal dit agter die rug kry, en so gou as moontlik. Met die geld wat die man haar gewys en dus implisiet belowe het, kan sy bekostig om hierdie dorp se stof van haar voete af te skud – sy weet nie wat maak sy nog hier nie.

Dit is die plek dié. Die huis moet agter die honderd-en-een bome wees. Die tuin alleen is groter as 'n erf in die stad.

Die tuinhekkie verklik haar aankoms. Sy kan steeds nie die huis sien nie. Sy wonder of iemand in die huis háár kan sien, op hierdie afstand, in hierdie lig.

"Middag, Heidi."

Hy staan reg langs haar, asof hy voorbereid was op die uur van haar koms, al was daar tydens sy besoek aan die restaurant geen mondelinge ooreenkoms nie, en kon sy net sowel môre of oormôre gekom het, of glad nie.

"Middag," glimlag sy, want hy het haar nie laat kom om 'n stroewe, vermoeide gesig te sien nie.

Na sý gesig wil sy nie kyk nie, daarom is sy dankbaar vir die hoed wat hy selfs in die restaurant opgehou het. Daaronder kon sy nie die oë in hul kasse sien nie, asof hulle wegkruip en slegs nou en dan die lig trotseer. Nou, sonder die lig, is sy gesig so donker soos sy klere. Sy kry die woord wat sy soek: anoniem.

"En welkom." Hy begin in die huis se rigting stap, en sy

agterna. Sy moet versigtig trap, want die grond is ongelyk van verwaarlosing, en sy voel hoe haar hak in iets sags wegsink. Die geur van sitrus slaan in haar neusgate op.

In die middel van die tuin kom hy tot stilstand. Die huis is enorm, of so lei sy af van die gedeeltes daarvan wat deur tak en struik te bespeur is: 'n boustyl wat seker Victoriaans of Georgiaans is, maar wat sy as Botmasdorps leer ken het. 'n Gebreekte ruit is sigbaar deur die driehoek van 'n bloekomboom se takke.

Die man pluk iets van 'n tak.

"Sies," sê Heidi onwillekeurig. Want die voëls het die vrug beetgehad en dit is slegs 'n skelet van die oorspronklike soet vleesbal.

Of –

Dit moes die swak lig gewees het wat haar laat dink het die vrug is verrot – sy het selfs die wurmgevrete tonnels daarin vir haar voorgestel. Want noudat sy weer kyk, is die adamsvy wat die man in sy hand hou, 'n bykans volmaakte spesimen, plooiloos gerond teen die rimpels van sy hand.

"Vir jou," hou hy dit na haar uit. Sy neem dit en trek die skil weg.

Die vlees van die vrug gee mee onder haar tande. Dit proe soos iets bekends, sy weet nie wat nie. Nie net vy nie.

Deur die takkedriehoek sien sy die ruit is heel.

Sy is bewus van sy asemhaling agter haar terwyl sy om en onder takke beweeg, na die huis. Die vooraansig is versteek agter die rooi sinkplaat van 'n verandadak en die geskilferde blou van 'n houtafskorting. Of nee, die verf is nie geskilfer nie. Vreemd, van 'n afstand lyk die huis verwaarloos, maar hoe nader jy kom . . .

Die veelkleurige glaspaneel in die voordeur wil nes geskenkpapier geen aanduiding gee van sy inhoud nie.

"Stap maar," sê die man.

Die barre verval waarvan sy bewus was, moet wees hoe die huis daar uitgesien het voor die man dit opgeknap het. Dié dat sy oral muf en swamme teen die mure verwag . . . dit moet haar verbeelding wees, want sy kan mos sién die plek is mooi gerestoureer.

Sy laat haar hand oor die groen glansverf gly. Dit skraap oor iets wat meegee . . . maar op die oog af is die muuroppervlakte vlekkeloos verdeel in 'n groen helfte onder, 'n roomkleurige helfte bo. Die dak: geelhoutbalke so hoog dat een man op die skouers van 'n ander kan staan en dan skaars daaraan raak. En dan is daar nog 'n verdieping bo dié. Die vloer: holruggeryde greinhout, met 'n mat met 'n grys-en-rooi blommotief wat in die lang ingangsportaal afslang, na waar deursigtige oranje krale in toutjies 'n afskorting voor die opening vorm.

"Jy het dit mooi opgeknap," merk sy op, die smaak van vy steeds in haar keel.

Die man sê niks, druk net teen haar skouer om haar in die gang af te stuur.

Sy loop deur die krale-afskorting en dit klik en klak om haar. Die man volg haar, hoor sy: die vloer kraak onder sy gewig, die planke hol soos halfmane wat op hul rûens lê.

Daar is iets omtrent die huis . . . maar sy kan nie haar vinger daarop lê nie. Dit het iets te make met die willekeurige bouplan, met die mure wat ten minste dertig sentimeter dik is, die deure wat bruin geverf is soos die toeklapluike, die pype met die elektriese bedrading teen die mure, die waterbeker met ses glase op die tafel in die kombuis waar sy en die man hulle nou bevind, die Welcome Dover-houtstoof wat 'n knusheid in die vertrek teweegbring, die ivoorhandvatsels van die Joseph Rodgers-messe wat op die tafel lê en blink, die ets van twee biddende hande . . .

"Sit," sê die man, en trek 'n stoel van die tafel af weg.

Sy neem plaas op 'n stoel waarvan die nuutste laag wit is. 'n Gebreide kussingoortreksel. Voor haar, 'n bak met plastiekvrugte; die lemoen het 'n duik asof 'n onsigbare vinger daaraan druk. Oral om haar, 'n geur van kanferfoelie en potpourri wat iets anders moet verdoesel.

Sy weet nou wat fout is.

Hier is te veel detail.

Die man het met die restourasie nie geweet waar om op te hou nie. Dit is net te veel, soveel dat die huis 'n prototipe is van 'n Botmasdorp-huis. Daar is te veel dinge wat lyk soos sy verwag het hulle moes. Die naakte gloeilamp aan 'n koord is 'n uitroepteken by hierdie bevinding. So ook die vloerlinoleum, waarvan een rand teen 'n muur opkrul. In die agterplaas sal daar nog 'n outydse buite-toilet wees, en baie vrugtebome, 'n sinkbad . . .

"Is dit na jou smaak?" vra die man. Hy klink amper gretig. En hy klink soos iemand anders. Oom Dippenaar, besef sy. Sy sal hom later vra of hy en die burgemeester dalk familie is, want nou, noudat sy die ooreenkoms in hul spraakpatroon opgemerk het, is daar sekere ander raakpunte wat nie toeval kan wees nie. Sy kan nie die terme wat sy op skool moes leer, onthou nie, maar die a-klanke is te swaar, die . . . frikatiewe? . . . skurend.

Hy kom oorkant haar sit, skuif 'n onderstebo porseleinkoppie met windbarste tot teen die waterbeker, dat sy hande 'n plek het om op die tafel se plastiekbedekking te rus.

Hy haal sy hoed af, en sit dit langs hom op die grond neer.

Heidi kyk vinnig af na haar hande wat saamgevou is op die dowwe plastiek. Nou weet sy hoekom die man altyd 'n hoed dra, en sy wens hy wil dit weer opsit. Dit is moeilik om nie te wil staar nie. Van haar klante het al 'n afbeen gehad, of 'n boggelrug, maar dit is die eerste keer –

"Hoe oud is jy nou." Die man *vra* nie die vraag nie, maar *sê* dit, asof hy nie in die antwoord geïnteresseerd is nie. Miskien is dit slegs die idee van haar jeugdigheid wat hom haar laat begeer het, dink sy; dit maak nie saak hóé jonk nie.

"Ek is volgende maand twintig."

Sy mondhoeke krul. "So in die middel van die maand?" Ook na sy mond kan sy nie lank kyk nie.

"Toevallig, ja – die vyftiende."

"'n Vis, dus. Glo jy aan die sterre?"

"Net as dit vir my iets goeds voorspel."

"Ek wonder wat dit vir jou inhou."

Kan hy nie tot 'n punt kom nie, of wag hy dat sy die inisiatief moet neem? Hopelik is hy van die soort wat net wil kyk. 'n Rilling gaan deur haar terwyl sy haar indink hoe sy hande op haar borste sal voel.

"Dis koud," sê sy.

Natuurlik is dit koud, want sy is dan kaal. Dat sy dit nou eers agterkom! Die tepels van die borsies wat soos vroeggeplukte appels is, maar wat sy eerder vir lemoene sou wou inruil, staan regop asof die vingers van 'n beminde daaroor gestreel het. Sy wil bloos, maar is haar borste dan nie wat die man wil sien nie?

"Sal ons opgaan?" vra sy. Sy neem aan sy slaapkamer is op die boonste verdieping.

"Daar is baie tyd."

Sy kan nie dink waaroor hy wil gesels nie.

'n Mot fladder na die naakte gloeilamp, en weg, en terug, totdat die man met 'n soepel beweging die insek tussen twee vingers vasvang, en stukkend knip. Hy gooi dit oor sy skouer.

Sy kyk na alles behalwe sy gesig: die stoof wat so enorm is dat dit nou sin maak dat wolwe in sprokies daarin verkool kon word; 'n *safe* in die hoek; gevoude hande met 'n poeieragtige, watterige vlek op een hand se duim en wysvinger.

"Ek is bly ons het ontmoet," sê hy.

"O, dankie."

"Dat my vermoedens bevestig is."

Wat kan hy daarmee bedoel?

"Daarmee bedoel ek," bou hy voort op haar gedagtegang, "dat dorpies soos hierdie" – 'n swiepende gebaar – "so skynheilig, so góéd is, dat ek bly is jy het vir my bewys daar is iets immoreels in 'n dorp wat hom roem op sy morele waardes."

"Ek dink ek loop nou," sê sy. Sy het nie hierheen gekom om beledig te word nie.

Maar haar liggaam wil haar nie gehoorsaam nie. Haar ledemate het 'n wil van hul eie: om net te bly sit. En sy sal tog nie kan gaan nie – hoe kan sy op straat verskyn sonder klere? Maar – sy gryp na die gedagte – sy moet hulle nog aanhê, want sy kan nie onthou dat sy ontklee het nie.

"Maar met hierdie dorpie het ek groot planne," sê die man in 'n sameswerende stemtoon. "Veral met een spesiale persoon." En wanneer hy die uitdrukking op haar gesig sien: "Nee, nie jy nie. Jy is 'n bysaak. En dit is tyd dat jy kry waarvoor jy gekom het."

Hy haal 'n rol note uit sy broeksak, stoot sy stoel agteruit en kom tot by haar. Sy wil haar hand uitsteek, maar haar vingers is nie hare nie.

Hy druk haar mond oop en stop 'n tienrandnoot daarin. Twee ysige vingers druk haar neus toe, die hand is voor haar oë sodat sy nie sy verskriklike gesig kan sien nie, die ander hand bring nog 'n noot na haar mond. Sy bewegings is geolie, glad. Dan kry hy inspirasie, en gryp na die bak met plastiekvrugte. Die eerste wat hy beetkry, is 'n vy, of wat daarvan oorbly: die wurms het daarvan 'n woning gemaak.

Dit moet dít wees wat sy geproe het.

3

Hoe lank is dit sedert 'n man haar gesoen het?

Cathy weet aan die hol kol op haar maag dat hy dit nou enige oomblik gaan doen, want hulle is by haar voordeur en hy staan te na aan haar vir die aandgroet om bloot verbaal te wees.

Die skryfsters van liefdesintriges het tog 'n punt beet: haar hart klop inderdaad in haar keel, haar knieë ís lam . . . Maar haarself met die konsep van 'n verliefde meisie identifiseer? Daarvoor was sy vir 'n te lang ruk nié verlief nie, en is sy miskien al te oud – of, hopelik, te volwasse – om blindelings die note van so 'n liefdeslied na te sing. Hulle had almal reg: die liefde is pure melodrama, en diegene wat 'n rol in die stuk wil speel, moet inval by die oordrewe gebare en emosies wat klugtig sou wees as dit nie was vir die erns van die saak nie.

Dit is nie bloot sy lippe wat sy op hare voel nie, en dit is nie bloot met haar mond dat sy die soen ervaar nie – sy sou graag wou glo dit is die eenwording van twee entiteite, twee psiges; maar helaas, te veel mense het al gesê dit is.

Dit is asof sy buite haarself tree en kyk na twee ander mense wat soen.

Sy lê haar hand op sy skouer – 'n liefdevolle gebaar wat hom 'n armlengte weghou.

"Jy moet sê as jy nog inligting nodig het," sê sy. Dit is die naaste wat sy daaraan sal kom om te vra of dit hy is wat by die biblioteek ingebreek het. Sy weet in elk geval dit was nie hy nie. Sy doen dit net omdat dit van haar verwag word.

"Ek het vir eers te veel," antwoord hy.
'n Paar volumes te veel?
Maar dit was alles reeds tot sy beskikking.

Sy weet dat hy wag dat sy hom moet binnenooi. Sy moet nog die tegniek bemeester om 'n man weg te stuur sonder om te voel sy het hulle albei gefaal.

Die tuinhekkie kreun, en hulle beweeg vinnig weg van mekaar.

Dit is mevrou Venter van langsaan – selfs in die grys brousel van lamplig, mis en aandskemer is haar buitelyne onmiskenbaar, met die kroeskrulkop wat enige poging tot 'n permanente golwing minag.

"Ja, Aunt Johnny?"

"Jammer om te hinder, kind," sê die vrou op betekenisvolle wyse. "Hier was iemand vir jou."

"Wie?"

"Hy het nie 'n naam gegee nie. Het hom nog nie vantevore gesien nie."

"Het hy 'n boodskap gelaat?"

"Nee. Hy is lank en donker."

"Klink interessant," spot Peter.

"Allesbehalwe," snork die vrou. "Ek was in die kombuis. Toe ek by die venster uitkyk, toe staan hy hier voor in die middel van die pad, en kyk na die huis."

"O, ek het gedink Aunt Johnny bedoel hy was besig om te klop."

"Nee, kind, hy het nie ingekom nie, het nie eens tot by die hekkie gevorder nie, maar ek kon sien hy soek iets hierso." Sy staan 'n oomblik langer. "Ek dag ek sê jou maar."

"Is die man iemand van wie ek behoort te weet?" vra Peter wanneer die buurvrou weg is.

"Nee. Ek weet nie wie dit is nie." Dit was 'n lang dag – 'n Maandag is altyd. "Goeienag."

"Nag."

HOOFSTUK VYF

I

Alles verloop die oggend soos normaal, totdat daar 'n oproep vir Anelda is. "Van Riviersonderend," sê Alice terwyl sy die gehoorbuis aan haar oorhandig.

Cathy is aan die ander end van die vertrek, en kan nie hoor wat Anelda sê nie, maar dit is uit haar gesigsuitdrukking duidelik dat daar iets verkeerd is. Iets groots.

Alice se nabyheid aan die telefoon maak dat sy die gesprek kan volg. Wanneer sy opstaan en na 'n vensterbank gaan om daar te maak asof sy afstof, weet Cathy dat die saak nog gewigtiger is as wat sy gevrees het.

Sy onthou hoe bekommerd Anelda Vrydag was, ná die gesprek met haar suster. Anelda ken niemand anders in Riviersonderend nie – iets moes met haar suster gebeur het. Miskien net nadat sy op so 'n onverklaarbare wyse die verbinding verbreek het. As sy wat Cathy is toe net langer met Anelda daaroor gepraat het, maar wie sou kon raai –

"Sy is dood," sê Anelda nadat sy afgelui het.

"Hoe?" vra Cathy, want sy kan nie aan 'n ander vraag dink nie.

Daar skort niks met Anelda se stem en houding nie, maar sy is bleek in die gesig. "Dit was haar buurvrou wat gebel het. Hulle het dié nommer in Marie se boekie gekry." Dan voeg sy by, asof sy vergeet het, asof dit nie ter sake is nie: "Sy is doodgemaak. Ek bedoel, vermoor."

Cathy wil weer vra, Hoe? maar dan sal sy soos 'n uil begin klink. By dié gedagte wil sy begin giggel, maar dit is nie nou die tyd of plek nie, en juis daarom wil sy. 'n Uil moet in elk geval wys wees, en sy weet nie nou wat om te doen nie. Hoe hanteer jy iemand wat so pas gehoor het haar suster is dood? Vermoor? Soos hulle sê: *Tea and sympathy?*

"Ek dink jy moet sit," sê Alice.

"Sy het die man gesien," sê Anelda. "Die buurvrou. Die man wat dit gedoen het."

"Sit," sê Cathy, en trek 'n stoel reg. "Ken sy hom?"

"Nee. Dit moes net hy gewees het. Vrydagoggend. Hy het toe daar aangekom. Die buurvrou het hom deur die venster gesien, sê sy. So net ná elf."

"Dit was toe dat jy die oproep –"

"Ek weet nie hoekom nie. Marie sou nie gebel het as sy geweet het hy sou iets aan haar doen nie, sy moes gedink het . . . ek weet nie wat sy gedink het nie." Anelda sit haar hande oor haar gesig. Sy is so emosieloos dat dit Cathy bekommerd maak.

Alice het intussen twee kapsules iewers vandaan gehaal, en 'n glas water. "Drink," sê sy, en Anelda gehoorsaam.

"Hulle het 'n uitval gehad, Marie en haar man. Hy het nie meer in die huis geslaap nie. Dis dié dat hy nie daar was toe dit gebeur het nie. Dat sy alleen was. Nee, hy sou buitendien by die werk gewees het. Dis hy wat haar gekry het ná die tyd. Die polisie sal seker nog bel. Lyk my mevrou Verster weet alles wat in Riviersonderend gebeur. Amper soos tant Ans hier." Anelda begin lag, dan sluk sy die lag voor sy dalk nie weer kan ophou nie. Sy staan op en gaan na haar kantoortjie, kom terug met haar trui en tas. "Ek gaan huis toe," sê sy.

"Natuurlik," sê Alice. "Solank as jy wil. Rus."

"Wil jy hê ek moet saam?" vra Cathy, en is daarvan bewus dat Alice skerp in haar rigting kyk: sy meen moontlik dit is 'n verskoning van Cathy se kant om uit die werk te bly.

"Nee. Dankie."

By die deur loop Anelda amper in Heidi vas. Hoe lank sy al daar staan, weet niemand nie.

Die helderte van trui en langbroek weerspreek die kleurloosheid van haar gesig. Sy kom die biblioteek binne, haar bewegings houterig, 'n karakter in 'n poppespel.

Dit ook nog, dink Cathy. Die dag was nou lank genoeg.

Alice beduie met haar oë, en Cathy gaan nader. "Kan ek help?"

"Uh . . . uh . . ." sê Heidi.

"Is daar iets spesifieks waarna jy soek?" Sy voel belaglik, asof sy met haarself praat. Is dit dalk die meisie se oogmerk? (Wat 'n gepaste woord!) Om haar te verneder? Is sy hier oor wat in die restaurant aan haar gedoen is? Cathy is opeens woedend vir Peter – waar is hy nou, as sy alleen die spit moet afbyt vir sý daad, en dit nog voor Alice?

"Nee," sê Heidi. "Kan ek sit."

Alice kyk op van waar sy haar soos gewoonlik by die ontvangstoonbank tuis gemaak het, en kyk dan weer af. Heidi lyk nie gesond nie, en dit is beter as sy sit, voor sy dalk op die vloer ineensak.

"Jy lyk nie . . . Kan ek dalk vir jou –"

"Die man."

"Ja?" Watter man?

"Die man. Die een in die Moolman-huis."

"Ja?" Wat van hom?

"Hy sê Anelda moet kom."

"Anelda is nie hier nie," onderbreek Alice. "Sy het slegte tyding ontvang. Ek het haar huis toe gestuur. Jy het haar self gesien gaan."

"Hy het werk vir haar," gaan Heidi voort asof Alice nie gepraat het nie, 'n voordraer by 'n eisteddfod wat haar resitasie ken en haar nie van stryk sal laat bring deur aanmerkings uit die gehoor nie. "Belangrike werk."

"Watter soort werk?" vra Alice.

"Belangrike werk."

"Ja, dit het jy reeds gesê."

"Skryfwerk."

Alice kyk na Cathy en maak 'n ongeduldige gebaar. "Iemand sal seker maar moet gaan."

"Ek kan," sê Cathy, maar nou is dit Alice se beurt om haar handsak en jas nader te trek asof sy nie gehoor het nie.

"Hy sê Anelda moet kom," herhaal Heidi.

Alice frons, en dit is net haar besef van die verantwoordelikhede wat sy as bibliotekaresse dra, wat haar semi-beleefd laat antwoord: "Ek het jou mos gesê sy is nie hier nie, nou sal –"

"Hy het werk vir haar."

"– ek in haar plek gaan." Alice is by die deur. "Cathy, jy sal na

61

alles kyk?" Sy wag nie vir 'n antwoord nie. "Mevrou Marais se boek is onder die toonbank."

"Belangrike werk," sê Heidi, en die ouer vrou lig haar wenkbroue, en is uit by die deur.

"Skryfwerk."

Cathy kan nie haar aandag by haar werk bepaal nie – daarvoor is Heidi se teenwoordigheid te veel van 'n stoornis.

Dit is nie dat Heidi enigiets dóén nie. Juis nie. Sy sit net daar en staar – na niks. Verbeel Cathy haar of sit daar 'n donkerte onder een oog? Heidi se oë herinner haar op 'n vae wyse aan loergate in deure: jy weet nie of iemand daaragter is nie, maar indien daar is, weet hy of sy wel van jou.

Dit voel die hele tyd asof iemand besig is om op haar te spioeneer, al sê die uitdrukking op Heidi se gesig duidelik: Niemand Tuis Nie. Sy voel die blik aan 'n gekriewel in haar nek, aan die selfbewustheid van haar handelinge.

"Wil jy tee hê?" vra sy later, wanneer die stilte te veel raak.

Die meisie wag 'n ruk voor sy antwoord. Ratte val oor mekaar tot sy die regte antwoord vind: "Ja. Asseblief."

Die regsit van die koppies en pierings klink na die inmekaarval van 'n vertoonkas; die fluit van die ketel is dié van 'n naderende lokomotief. Cathy herken die manier waarop sy op die maak van die tee konsentreer as daardie gevoel van ek-moet-mondeling-praat-en-die-hele-klas-kyk-vir-my.

"Hoeveel suiker?"

'n Pouse. "Twee. Asseblief."

Sy bring die koppie na die meisie, waar sy by die toonbank bly sit. Sy moet keer dat die tee nie stort nie; Heidi se hande is dom.

"Dit sal lekker wees." Klik. Whirr. "Dankie."

Met verloop van tyd raak die meisie se reaksies – daar ís nou sprake van reaksies – minder meganies:

"Hoe geniet jy dit hier?"

Cathy weet amper nie hoe om te antwoord nie; sy en Heidi kry maar min van mekaar te sien, en het dan nie veel te sê nie. "Bedoel jy hier, in die biblioteek, of in die dorp?"

"Albei."

"Ek bly baie lekker. Daar is mos iets hier wat 'n mens nie –" Maar Heidi sal nie belang stel nie.

"Dit is goed so." Cathy kan nie help om te glimlag nie – Heidi is soos iemand wat nie die reëls van 'n taal verstaan nie, en toe maar 'n paar algemene frases uit die kop geleer het. Parlez-vous français? Oui, je suis fatigué. Non, je ne sais pas. "Ek is bly."

"Wil jy hê ek moet jou gou huis toe neem?"

"Dit sal baie gaaf wees." Je m'appelle Heidi. "Sal dit jou nie uit die werk hou nie?" Quelle heure est-il?

"Nee." Inteendeel, dit is Heidi se teenwoordigheid wat haar hinder – sy wil hierdie vreemdeling in Jerusalem so gou as moontlik by haar eie poort kry.

Die sluit van die biblioteek neem net 'n paar sekondes in beslag: vensters ('n nuwe ruit in die kleedkamer) en voordeur. Alice sal seker nog 'n lang ruk by die man se huis wees, en sy hoef ook nooit te weet dat Cathy die biblioteek vir 'n tydjie toegemaak het nie. Dis buitendien amper tyd dat hulle vir die etensuur sluit.

In die hoofstraat moet Cathy haarself terughou om langs Heidi te kan stap.

Hulle loop tant Ans langs die pad raak. Sy is 'n groot vis wat nader swem in die grou see van mis.

"Heidi, werk jy dan nie meer nie?" wil sy weet. Met haar vraag bring sy hulle tot stilstand.

'n Pouse. "Nee."

"Nou maar hoekom nie?" Geen antwoord. "Hulle sê my by die restaurant jy het gister net geloop, en vanmôre was jy nog nie weer daar nie."

Geen antwoord.

"Tant Ans, ek dink Heidi voel nie lekker nie," help Cathy.

"Nou maar wat's dan fout?" Weer is daar geen antwoord nie, en tant Ans trek haar trui stywer om haar skouers. "Nou ja, met hierdie weer . . ." en sy kyk om haar heen – die hoofstraat is vaag, met hier en daar 'n flits van lig. 'n Motor vaar verby oor die nat teer. Die insittendes loer deur kajuitvensters – hoe ver nog na hul hawe?

"So, ons loop maar weer," besluit Cathy.

Tant Ans begin om 'n boereraat vir olikheid in die algemeen voor te stel, maar hulle stryk aan.

Een blok verder sê Heidi op die afgemete manier wat so verskil van haar vroeëre vinnige praatwyse: "Sy vra te veel vrae."

"Tant Ans?"

"Vir wat wil sy alles weet." Daar is 'n sibilante skuring van die s'e, 'n hoogdrawendheid aan die a's: *Vir wot wil sssy ollesss weet*. Cathy kan nie dink waar sy vantevore iets soortgelyks gehoor het nie.

"Party mense is maar so," sê sy, al dink sy nie 'n repliek word verwag nie.

Hulle bereik Heidi se huis, maar die meisie sou verbygehou het as Cathy haar nie aan die arm gevat het nie. "Oppas vir die sloot," moet sy sê, en dieselfde geld vir 'n onegaligheid in die rooi gepoleerde stoepvloer, wat laas aandag geniet het voor meneer Wiese se huidige oorsese reis.

Heidi en haar broer huur elk 'n kamer in die huis, en daar is bespiegeling in die dorp oor hoe Heidi die huur betaal.

Dit is Cathy wat die sleutel in die voordeurslot steek, want Heidi korrel aanhoudend mis. Die deur swaai al kreunend oop.

'n Gemmerkatjie loer om 'n hoek en kom belangstellend nader. Sodra hy tot binne 'n paar tree van die aankomelinge gevorder het, draai hy bolrug om en laat spaander, sy stert 'n toiletborsel.

"Ek kan nie sy naam onthou nie," sê Heidi, en leun teen 'n muur van die ingangsportaal. Die trane rol oor haar wange sonder dat sy 'n geluid maak.

Wat is fout met jou? is nie die regte vraag nie. Wat makeer jou? ook nie.

"Wat gaan aan?" is beter, want Cathy het begin vermoed dat daar wel iets onomskryfbaars aan die gebeur is. Nie net met Heidi nie. Oral.

"Ek kan nie sê nie."

"Sal jy regkom verder?"

'n Stilte.

"Want ek moet terug werk toe."

Die ingangsportaal het veels te klein begin raak, en sy is bly om dit uit die oog te verloor wanneer sy die deur toetrek. Hulle het nie sover gekom om 'n lig aan te skakel nie, en die somber lug vloei ook daar, vloei deur al wat huis is, al wat veronderstel is om beskutting te bied.

O, die dubbelsinnigheid van menslike uitsprake! Dit is moontlik bloot haar preokkupasie met woorde en die maniere waarop hulle ingespan kan word, wat haar die dubbelsinnigheid van daardie antwoord laat vermoed: "Ek kan nie sê nie." Sê Heidi dat sy nie weet nie?

Of bedoel sy eintlik:

Ek mág nie sê nie.

2

Al die ligte is aan.

Normaalweg sorg die son hierdie tyd van die dag – net ná twee – vir beligting.

Gisteraand het die weerman op Cathy se draagbare televisiestel gesê dit gaan mooi weer en warm wees, maar sonder die flikkerende neonbuise sou sy nou skaars haar hand voor haar oë kon sien.

Wat kan met die weer verkeerd wees? Sou dit oral so wees? Sweerlik nie, want dan sou die weervoorspeller 'n opmerking in dié verband gemaak het.

Geluide van buite is skerper as normaalweg: òf as gevolg van die donkerte wat 'n ekstra resonansie daaraan verleen, iets swaarders, òf omdat daar so min geluide is dat dié wat wel gehoor word, betekenisvol voorkom.

Soos 'n motor wat nie wil vat nie.

Iemand wat hoes.

Voetstappe op die voorste trap.

Die geklik van *sensible shoes*; dit is 'n vrou. 'n Gedempte slag as daar teen die deur gedruk word. Dit is toe as gevolg van die koue, en 'n oomblik wens Cathy sy kan dit vir altyd so hou, tot in die ewigheid 'n skans hê tussen haar en alles wat buite haar is. Sy weet nie waar die gedagte vandaan kom nie, maar gedagtes luister nie altyd as jy sê "Wyk, Satan" nie.

Die deur swaai oop.

Bertha du Toit.

"Môre, mevrou," sê Cathy verby die knop in haar keel.

"Môre," sê die vrou en kom die biblioteek binne. Sy beweeg sommer in 'n rigting, bevind haar voor 'n boekrak, en begin die titels inspekteer, maar Cathy kan aan die roering van haar kop sien dat haar oë so vinnig oor die boeke se name gaan, dat sy dit onmoontlik kan gelees kry, en nog minder inneem.

Dit is duidelik dat sy iets kom soek het, en dit is net so duidelik dat dit nie 'n boek is nie.

Bertha se hand kom te lande op 'n dik omslag, en nou is Cathy se vermoede bevestig: dit is maande sedert *War and Peace* uitgeneem is, en Bertha du Toit gaan nie die volgende een wees om die biblioteek met dié boek onder die arm te verlaat nie.

Gewis nie. Bertha het die boek begin uittrek, maar stoot dit nou terug na sy permanente rusplek. Sy draai haar om, en trek haar oë op skrefies. Dit is 'n glurende blik, en Cathy moet haarself herinner dat die vrou nie goed kan sien nie.

"Is my seun hier?"

"Nee, mevrou."

Die vrou kyk na die deure wat na die ander vertrekke lei, asof sy besig is om die waarheid van die antwoord te oorweeg.

"Dan moet ek seker maar weer gaan."

Dit is nie 'n gevolg van haar swak sig nie – die glurende blik is daar. Cathy wil sê dat die vrou by die hotel na Peter moet gaan soek, maar is bang dat die voorstel na sarkasme mag klink.

"As 'n mens se seun nie meer . . ." is Bertha du Toit se afskeidsgroet, wat genadiglik deur die toeswaai van die deur gesmoor word.

Noudat die vrou weg is, nóú is Cathy kwaad en dink sy aan alles wat sy kon gesê het om haar op haar plek te sit. Sy kan nie verhelp dat Peter en sy ma nie die soort verhouding het wat dit vir hom aangenaam maak om by haar aan huis te wees nie, dit is nie haar skuld dat hy haar geselskap bo sy ma s'n verkies nie.

Hy sit met sy ma, en sy met haar suster. Of sonder haar.

En dit was ook nie haar idee dat Botmasdorp 'n eeu oud moet raak, en iemand 'n toespraak moet lewer, en dat sy daardie persoon moet wees nie. Wat van Anelda? Sy is 'n goeie spreker, en het altyd 'n antwoord op alles. Maar met haar suster se dood ... Goed dan, wat van Alice? Sy is die voorsitster van hóéveel vrouevereinigings, en as sy 'n ding sê, dan luister die mense. Hulle sit nie 'n beleefde gesig op en wag dat sy moet klaarkry nie, hulle sal dit nie waag nie. Of wat van Paulus Dippenaar self? Ook sý voorsaat was een van die stigterslede. Hy kon dit self gedoen het. Sy moes hom onder sy gat geskop het toe hy haar gevra het.

Jy is besig om jouself op te werk. Ontspan.

Maar dit is so onregverdig! Dit is asof daar altyd iemand is wat die besluite neem wat haar toekoms raak: Ja, ek dink ons plaas Catharina Botma in daardie hoek. Ja, daar waar die lig nie val nie.

Jy is besig om weer te word soos vroeër.

Dié gedagte (besef? Nee!) laat haar haar asem intrek. 'n Oomblik later, nadat sy met haar wysvinger die frons tussen haar wenkbroue weggevryf het, kom sy versigtig, tentatief terug na dié gedagte:

Is dinge besig om weer ...

Nee, is jý?

As sy net met Elaine kan praat. 'n Deel van die antwoord lê by haar. Maar toe sy 'n halfuur gelede probeer het, het die telefoon gelui, gelui ...

Ma's doen jou 'n onreg aan as jy een van 'n tweeling is, dink sy, om julle eenders aan te trek, eenders te behandel; later begin julle eenders doen, en dink.

En breek die band dan, dan voel jy so ... half.

Sy reik na die telefoon, maar sal dit nie kan verduur om weer te moet hoor daar is geen antwoord nie.

". . . vir my 'n paar antwoorde verskaf." Die man met die jammertrek op sy gesig het 'n folio voor haar neergesit.

Nee, sy wil nie nou onthou nie. Sy is nie nou gereed nie. 'n Mens behoort die reg te hê om die verlede te begrawe as jy nie meer daaraan deel wil hê nie, dit is tog een van die dinge waaroor jy self kan besluit, en –

"Hier is 'n potlood." Die man gaan sit agter 'n lessenaar wat identies is aan hare, en probeer om nie te wys dat hy haar dophou nie.

Bo-aan die folio is geskryf: ONVOLTOOIDE SINNE TOETS. Haar naam is reeds ingevul, en verkeerdelik, met 'n *e* in die middel waar 'n *a* moet wees. Haar geboortedatum en ouderdom is langsaan. In kleiner skrif staan onderaan: *Deur hierdie sinne te voltooi kan jy aandui hoe jy oor verskillende sake voel. Jy moet met elke sin probeer om jou werklike gevoelens uit te druk. Probeer elke sin voltooi. Maak ook seker dat elke sin wat jy voltooi 'n volsin is.* Daar is tien sulke sinne, wagtend, oop slagysters.

1. EK VOEL . . . Dit is 'n maklike een. *baie selfbewus, want die oom kyk vir my*. Dit sal hom leer!

2. SNAGS IN MY BED . . . Nee, dié vraag is nie op haar gemik nie. Die getikte letters is eintlik dof, so baie is die vorm al gefotostateer. Almal kry dit om in te vul. *dink ek aan allerhande dinge*. Dit is vaag genoeg om waar te wees.

3. MY GROOTSTE VREES . . . Hulle sal met die tweede grootste tevrede moet wees. *is om nie 'n groot sukses te wees nie.*

4. TOE EK 'N KIND WAS . . . Wat dink hulle miskien is sy nou? *was alles baie makliker.*

5. DIE TOEKOMS . . . *kan dalk 'n verrassing inhou.*

6. EK WONDER SOMS . . . *of ek die moeite werd is om groot te maak.* Wel, hulle wil mos die "werklike gevoelens" weet.

7. MENSE WAT NIE VAN MY HOU NIE . . . *hou ek ook nie van nie.*

8. EK IS BAIE . . . *senuweeagtig.*

9. EK VERBEEL MY SOMS DAT . . . *ek*

10. TOT MY SPYT . . . *is ek nie wat my pa ouers verwag het nie.*

"Ek is klaar," sê sy toe, en staan op.

Cathy frommel die papier waarop sy gesit en krap het, op. Dit is tyd om die biblioteek te sluit. Nog nie sluitingstyd nie, nee, maar vir vandag het sy genoeg gehad van ou boeke en ou koeie. As Alice voor halfvyf terugkeer en die plek gesluit vind, is dit tot daarnatoe.

Vensters, gordyne.

Die ruit in die kleedkamer is nog so nuut en blink dat dit die helderste, skerpste spieël bied.

Af met die ligte.

Met die sluit van die voordeur, is Peter aan die voet van die trap.

"Julle maak vroeg toe," sê hy.

"Wou jy iets gehad het? Binne, bedoel ek?" Hoekom het sy nou die tweede sin staan en bylas?

"Nee, ek vat 'n *take-away*." Hy begin saam met haar stap.

"Ek moet jou waarsku, ek is nie in 'n baie goeie bui nie." Sy het besluit om hom nie van sy ma se besoek te vertel nie.

In plaas daarvan dat hy stilbly en haar gemoedstoestand toelaat om swaarder saam te pak, is sy opmerkings lig en jolig, en dit is nie lank voordat sy beter begin voel nie. In teenstelling met soveel ander, wil hy nie iets van haar hê nie. Dit lyk eerder asof hy wil géé. Solank sy net nie 'n moederfiguur hoef te wees nie! En van wanneer af is jy gekwalifiseer om ánder te psigoanaliseer, Catharina?

Hulle loop met 'n ompad, want haar ledemate is styf gesit, en nader haar huis van die ander kant.

"Hierdie keer mag ek seker inkom," sê Peter in 'n goedig ironiese stemtoon.

"Seker." Sy gee hom die sleutel om oop te sluit.

'n Mens kan ruik die huis het toe gestaan. Dit is soos die binnekant van 'n broodblik nadat 'n brood 'n lang ruk daarin vergeet is. Maar los sy 'n paar vensters oop, is die huis kouer as 'n praalgraf wanneer sy van die werk af terugkom.

"Sit solank," sê sy, en sy kan hoor hoe 'n stoel kraak onderwyl sy haar mandjie en jas in die slaapkamer gaan neersit. Sy keer terug, en kan deur die deuropening sy slenterbroek en drafskoene sien. Sy sou gewoond kon raak aan hulle, daar.

"Tee of koffie?"

"Koffie sal lekker wees."

Hy gaan saam kombuis toe om haar die koffie te help maak, of miskien was dit net 'n verskoning, want sodra sy strek om die kitskoffieflles langs die rose-teeblikkie van die rak te haal, sit hy sy arms om haar.

Sy lag, half toegeeflik, half verseggend, en hoop dat die geluid genoeg sal wees om hom te laat los.

Nee.

"Hoe dink jy moet ek koffie gemaak kry as ek nie kan beweeg nie?" Die vraag was veronderstel om lighartig en speels te wees – sy hoop nie dit klink so desperaat as wat sy voel nie. Die geur van koffie slaan in haar neus op, en so ook die manlike reuk van tabak en naskeermiddel. En daar is die krap van 'n dag-oue baard, soos hy van agter ombuig om sy wang teen hare te druk.

"Nee, Peter, los," sê sy so normaal as wat sy kan.

Sy kon net sowel met die koffiefles gepraat het. Waar hy teen haar aangedruk is, kan sy sy hardheid voel groei, die vleeswording van die abstrakte begrip: manlikheid. Sy het dit nog altyd as iets onsmaakliks beskou; die penetrasie van die vrou is meer as fisiek. Dit is 'n hebsug, 'n afbreek van versperrings. Sy wil nie aan hom dink in daardie lig nie.

"Los my, sê ek!" Hoe kon sy ooit gedink het hy wil niks van haar hê nie? Dit is duidelik dat dít die rede is waarom hy aandag aan haar skenk – die assistent-bibliotekaresse, op die punt om haar jeug agter te laat, onvervuld . . .

Die klank van haar stem laat hom skrik, en hy staan terug. Nie een van hulle weet wat om te sê nie.

"Wil jy hê ek moet gaan?"

Sy sou so maklik wreed kon wees, en sê ja. Watter verskil sou dit maak? Sy was nog al die jare alleen. Maar dit sal 'n verskil maak aan hom. Sy kan dit sien aan die manier waarop sy skouers gekrom is, asof hy nie wil terugdeins voor die moontlike antwoord nie. 'n Stout seun wat wag op vergifnis. Maar nou weet sy ten minste dat hy haar nie as 'n ma beskou nie . . . Sy wil amper glimlag. Amper.

"Nee."

Sy gaan voort met koffie maak. Dit is tog goed om hom by haar te hê, besef sy. Om te weet hy, wat is die woord? begeer haar. As dit maar nie verder hoef te gaan nie. Hoe lank voor sy hom verloor? Op die oomblik moet hy nog dink sy weier uit ordentlikheid. Oor die manier waarop sy grootgemaak is. Dié gedagte laat haar amper stik. Sy weet nie hoe om sy begeerte te hanteer nie. Dit is 'n stroom waarteen sy moet weerstand bied, of breek. Daar is geen kans op saamvloei nie, en as daar is, kan sy dit nie insien nie. Hoe lank nog voor sy hom verloor, sy, sweerlik die enigste nege-en-twintigjarige maagd op die aardbodem?

"Ek weet ook maar nie alles nie, jy weet," sê hy asof hy haar gedagtes gelees het.

Dit is aaklig, dié manier wat hy het om te kan aanvoel wat sy dink. Vroeër het dit haar gevlei laat voel. Nou . . . dit hang af wát sy dink. "Mens sou eerder sê jy't die boek oor seks geskryf. Met jou tegniek." Aanval is die beste vorm van verdediging.

"Indien wel, dan 'n handboek."

En nou kan sy nie help om te lag nie. Die gelag is 'n opening vir die spanning van die afgelope paar minute om by uit te sypel. Sy gee hom 'n drukkie, gretig om kontak met hom te herbevestig; druk, en laat los. Die gevoel van ontoereikendheid is deel van die mis daar buite. Haar woede kan sy skaars onthou.

Hulle neem hul koppies deur sitkamer toe, waar die verwarmer begin om sy werk te doen, en gesels, sommer oor niks, sommer oor alles.

3

Heidi loop in die middel van die pad. 'n Aankomende motor sou nie anders kon as om haar raak te ry nie, maar daar is geen verkeer nie. Die inwoners van Botmasdorp verkies om tuis te bly, by stoof en vuurherd.

Sy is in die pad voor sy huis. Sy kan nie onthou dat sy die laaste twee blokke gestap het nie.

Daar is so min wat sy kan onthou.

Sy is by die tuinhekkie. Dit is hier waar hy vir haar gewag het toe sy die vorige keer hierheen gekom het; dít onthou sy. Kan dit net gister wees?

Sy is moeg, so moeg.

Nou kan sy sien hoe vervalle die tuin is. Dit stink die ene dooie vrugte. Hoe kon sy ooit gedink het dit is anders?

En die huis. Onkruid om die hoeke, waar sy dit as blomme ervaar het. Die gebreekte vensters is toe, maar nie met luike nie: karton.

Die man maak die deur oop.

"Ek het jou eerder verwag."

Sy het niks om te sê nie, want dit is hy wat haar haar woorde gee.

"Maar liewer laat as nooit nie, nè."

En daar is geen rede vir haar om te praat nie.

"Ek het geselskap," beduie die man deur kim en spinnerak die gang af. "Jy kan nie inkom nie."

Dit is dan waarvoor sy hierheen gekom het: om die rus te kry wat nêrens elders beskikbaar is nie. Haar mond val oop, gestroop van wat sy sou gesê het as dit nog eergister hierdie tyd was.

Die man glimlag, en sy kan nie wegkyk nie. Sy het sy kop gesien op die nekke van die mense by wie sy in die dorp verby is, in die krake van sypaadjies en vingermerke teen ruite, en steeds kan sy nie daaraan gewoond raak nie. Soos jy ook nie aan pyn gewoond kan raak nie – jy kan dit nie onthou nie, hoe dit gevoel het nie, jy kan net onthou jy het pyn gevoel, maar kom dit weer, is dit nuut soos 'n splinter in jou bors. Waar sy hand nou is.

"Lieflik," streel die man 'n laaste maal oor dié appels wat eers begin uitswel het toe sy amper uit die skool was. Dan klou sy een hand tóé; 'n skroef.

Heidi se arms fladder uit, tas rond asof sy probeer vlieg.

"Jy kan nie rus nie," sê die man. Ja, dit is wat sý wou gesê het.

"Jou bed wag vir jou," sê hy. Ja, dit is wat sy wil hê.

"Nee, dit is nie binne nie," sê hy. Sy blik verlaat nie een oomblik haar gesig nie, sy moet na hom kýk.

Hy stap om haar, draai haar om met 'n onverwags tere aanraking op haar voorarm, en sy weet nie of dit sy koue of haar eie is wat sy voel nie, lei haar oor die sement na waar haar hoë hakke wegsink in die grond wat swart is, so groeiryk is dit, om en deur takke wat nie betyds opsy gekeer kan word deur haar arms wat nie wil doen wat hulle moet nie.

'n Punt so skerp soos 'n naald skeur die vlees onder een van

haar oë, en sy kan voel hoe die bloed oor haar wang begin loop, en in haar nek af.
 Die man het tot stilstand gekom.
 "Hier is ons," sê hy.
 Die oop graf lê gereed.

HOOFSTUK SES

Soos Alice by die lessenaar in die studeerkamer sit, is haar houding dié van 'n persoon wat diktee skryf. Dit is dan ook wat sy hier kom doen het. Min persone wat haar so sien, sou kon raai dat sy al langer as vyf uur so sit.

Stil. Bewegingloos.

Behalwe haar linkervoorarm. Want sy het dié hand nodig om te skryf wat die man haar meedeel. Iewers in haar agterkop hinder dit haar dat sy nou met haar linkerhand skryf – sy was regs. Maar dié verskynsel is niks vreemder as alles wat dit voorafgegaan het nie.

Selfs as sy aan haar bobene sou raak, het dit geen gevoel nie. Hulle is dig gesluit in 'n eens gemaklike posisie. Dit voel – of voel nie – asof hulle met geboorte geamputeer is. So ook haar regterhand – dit is niks meer as 'n versiering nie, 'n balans vir die werkende aanhangsel waar die pen al 'n nis in die een vinger gedruk het. Haar nek is effens gebuig, sodat sy op die papier kan kyk. Alles aan haar is styf en sy is seker dat selfs haar bloed opgehou het met vloei, asof rigor mortis ingetree het.

Stil. Bewegingloos.

Die voordeur slaan toe, en die man keer terug. Sy hoef nie op te kyk nie, en kan ook nie, om te weet die steuring in die lug, die vibrasie wat 'n spinneweb tussen tafelblad en -poot laat sidder, word deur sy mantel veroorsaak: die sinistere kleredrag van 'n aartsskurk in 'n Gotiese roman. Dra hy die klere omdat hy daarvan hou, of om die indruk wat dit skep? Sy vermoed laasgenoemde – alles gaan hier om effek.

Dit is asof daardie bril wat sy altyd in haar verbeelding afhaal wanneer sy vir 'n wandeling gaan en die wêreld uit 'n ruimer hoek beskou, vierkant oor haar oë geplaas is en haar waarneming kortsigtig stem.

"Jammer vir die onderbreking," sê hy en kom sit. "Sommer

iemand wat nie rus vir haar siel kon kry nie." Hy lag: takke wat breek in 'n donker woud.

Alice het teruggeblaai na waar sy begin skryf het:

Botmasdorp is 'n stil, rustige dorpie geleë in die kleurryke Olifantsriviervallei. Hierdie nedersetting is veral bekend vir sy veldblomme, rooibostee, vrugte en kleinsieligheid. Dit teer op die water van die Olifantsrivier, en dit sal moeilik gaan om 'n plant of blom te laat vrek hier waar die Sederberge sy hand oor die dorp hou.

Die stigter was Frederik Botma, en hy het die dorp na hom vernoem. Party mense is so ontstem deur hul eie sterflikheid dat hulle iets moet doen om hul name te verewig, en is daar 'n beter manier as om daardie naam in geskiedenisboeke en atlasse te laat voortleef?

Botma is dan ook die van van Frederik se enigste oorlewende nasaat, Catharina.

Dit is ook die van wat ek vir myself toegeëien het, want ek is net soveel 'n produk van hierdie dorp as sy. Ons geskiedenis is dieselfde – myne en hare, en die dorp s'n. Een.

Maar dit is eintlik mý verhaal dié.

20 Februarie is my verjaarsdag, en Botmasdorp is my geskenk.

Wraak is 'n persoonlike bevrediging, maar dit is nutteloos as niemand daarvan weet nie. Daarom hierdie geskrif, wat na die tyd agterge-

En dit is net die eerste bladsy. Alice se netjiese skrif het nog baie ander gevul. Om te dink dat sy dit alles binne 'n uur of twee wou afhandel.

Sy het aan die voordeur geklop en gewonder of iemand werklik in so 'n bouval kon bly. Het Heidi nie dalk die boodskap verkeerd oorgedra nie? Die man bly seker in die hotel terwyl die huis opgeknap word.

Maar die deur het amper onmiddellik oopgeskreeu en hy het haar binnegenooi, en tydens die volgende halfuur het alles geleidelik mooier begin word, het sy dit begin sien deur rooskleurige lense, elke vertrek op die begeleide toer aanneemliker as die vorige.

Een deur op die boonste verdieping is dig gelaat.

So ook een op die grondvlak.

Te midde van die mooiheid kon sy selfs die man in die gesig kyk toe hy vra: "Hoe lyk dit met 'n ietsie te drinke?"

Hulle is na die studeerkamer, waar hy vir haar 'n stoel agter die lessenaar uitgetrek het. Kwalik die plek om te sit as jy by iemand tee drink, maar *When in Rome* . . . Hy is weg en het teruggekom met teepot en koppie, asof die tee lankal gereed was om bedien te word.

Hy het haar ingelig in verband met die omgewingsleer-pamflet wat hulle saam moes skryf, en sy het gedink dit sal so 'n uur of twee in beslag neem. Hy het geskink.

"Dit is rooibos," het die man gesê. "Natuurlik." Daar was iets sonderlings aan die manier waarop hy dit gesê het: behalwe dat sy spraak haar herinner het aan dié van iemand wat sy nie dadelik voor die geestesoog kon roep nie, was die laaste woord gevul met iets soos ironie, iets waarvan hy weet en sy nie, 'n raaisel gevra deur iemand wat wreed genoeg is om nie later die antwoord te gee nie.

Behalwe dat sy wel 'n antwoord sou kry.

Later.

Sy het die eerste sluk geneem, en dit was rooibos. Natuurlik.

"Hoe proe dit?" het die man gevra.

"Lekker, dankie."

"En so gesond, mens kan skaars glo dit het in bossies gegroei."

"Ja, dit is so. Wil u nie ook hê nie?"

"Ek hou nie van die smaak nie. Eie medisyne, jy weet."

"O."

"Ek het gedink mejuffrou Ferreira sou kom."

"Dit was vir haar onmoontlik."

"Maar Heidi – mejuffrou Jansen – het aan u oorgedra dat ek háár wou hê? Sy het nie gesê ú moet kom nie?" Hy was soos 'n baas wat kontroleer of sy werknemers hul werk reg doen.

"Ja. Ek verseker u egter dat ek die werk net so goed kan doen, indien nie beter nie. As u my kwalifikasies –"

Dit is toe dat sy die gebruik van haar tong verloor. En van die res van haar liggaam. Sy sien dit weer: sy tas met haar linkerhand – dit is al wat nog lewe het. Haar kop val skuins vooroor, 'n 45°-hoek, soos 'n motorsitplek se nekstut wat verstel word.

Die man sit 'n donkerblou lêer voor haar neer, slaan dit oop om die eerste van 'n aantal blanko folio's bloot te stel. Hy gryp haar hand vas en plaas 'n pen daarin.

"Skryf," sê hy. "'Botmasdorp is 'n stil, rustige dorpie . . .'"

Nou, soveel ure later, is hy ongeduldig wanneer sy onhandig, éénhandig die blaaiwerk moet doen, en hy gryp die lêer by haar en blaai na waar sy opgehou het met skryf.

"Skryf," sê hy. "'Party mense word altyd deur ander vervolg.'"

Sy stem raak weg, en Alice moet wag – gedienstig, gedwee – terwyl die man se gedagtes saam met sy spraak die verlede in verdwyn:

: so uit-asem dat hy klink asof hy iemand probeer bangmaak. Maar al een wat bang is,

is hy.

Waar kan hulle wees? Tot nou toe kon hy hul nadering volg in die kraak van takke en swiep van lower; nou is sy ore verstop met die klank van sy angs.

Hy kyk oral om hom, en elke boom lyk soos 'n man met sóveel arms wat uitreik en wil vasgryp. So baie mans, so baie arms, en enige rigting wat hy wil inslaan, kan die verkeerde een wees.

Terug kan hy nie – hulle is daar. Maar hoe weet hy party het nie vooruit beweeg, om die beboomde gebied nie, en as hy aan die ander kant uitkom, is dit net om te val in hul wagtende –

'n Tak kry hom aan die gesig beet en hy gaan sit amper van die pyn. Die bome wankel, die grondbodem traan. Bo, deur die dak van die bos, is die maan verduister en toon hy homself slegs waar 'n wolk aan repe is.

Dit is beter om in 'n verkeerde rigting te gaan as om stil te staan en wag. Hulle is groter as hy, en vinniger.

Dit was altyd maklik om hul bewegings te raai, en hul reaksies. Nou, noudat hy die een is wat gejag word, is alles omvergewerp.

Hy hardloop amper in 'n boom vas – dié se broers swaai van kant tot kant, dansers in 'n rite. Hy kon nie sy skrikgeluid keer nie.

Hy kan weer hoor. Iewers het iemand om of deur 'n digte struikgewas beweeg.

Sy ore is egter steeds half toe. Die geluid moes dus van nader gekom het as wat dit geklink het.

En nog 'n geluid skuins agter hom.

Een van die bome dans tot by hom en kry hom aan die arm beet.

"Het jou."

Die man roep die ander, en sleep die seun na waar die stemme antwoord gee. Asof dit weet dat die spel verby is, belig die maan die pad terug met 'n ongefiltreerde helderheid.

Hy wil iets sê, maar 'n rasper het oor sy stembande gegaan.

Hulle stamp en trek aan hom. Een slaan hom teen die kop, bo sy oog, dat die beeld verdubbel, en so ook dié voor, agter, langs hom.

Dan weet hulle nie wat om verder met hom te maak nie. Hul woede het met vuishoue en skoppe uit hul liggame gewyk, in syne in.

Een man, die lange met die harde stem, sê: "Bring hom." Die seun sal dié gesig onthou: die prominente kakebeen wat balans verleen aan die geboë neus en frons wat die wenkbroue in die middel afdwing.

Eintlik 'n doodgewone gesig.

Twee het hom aan elke arm beet, so moeilik is dit om 'n vaste greep te verkry op sy beswete vel.

Hulle kom tot stilstand in die oopte, wat eindig waar bome 'n gepunte reliëf vorm, 'n kroon vir hierdie eeue-oue morg.

"'Party mense word altyd deur ander vervolg,'" is die man terug by wat in die donkerblou lêer geskryf moet word. "Skryf," sê hy. "'Dit mag nie geduld word as jy anders is nie. Dit laat hulle bedreig voel. Enige afwyking van die normale, enigiets wat nie inpas by dit wat hulle graag wil hê nie, wat hulle nie kén nie, dit is onaanvaarbaar en moet uitgeroei word. Maar hoe gemaak as dit te sterk is?'"

Hy het so vinnig begin praat dat Alice skaars kon byhou. Sy sou nie kon as die vingers wat om die pen klem, deur háár wil beweeg is nie.

Die man raak stil, dan: "Ons moet daar volstaan vir vandag. Inleidings moet nooit te lank wees nie." Hy staan op, beweeg verby haar, waar sy met haar rug na die venster sit, en sy kan amper nie hoor nie: "Ek moet nie al my kaarte gelyk speel nie, daar is so min van julle oor.

"Ja, ons volstaan daarby: 'Hoe gemaak as dit te sterk is?'"

Hy trek 'n motgevrete gordyn van die venster af weg – dit is die enigste vertrek met gordyne; waar is die elegante weefstof wat Alice met haar besigtigingstoer opgemerk het, nou? – en kyk na buite.

Die venster self kan Alice nie sien nie, maar dit lyk asof die oorkantse muur 'n laken is waaragter 'n kers opgesteek word, soos die aanvanklik floue maar in krag toenemende laatmiddagson begin om deur sy versperring te breek.

Maar dit is nie 'n nuwe begin nie – alleen die einde van die eerste toneel.

II

Botmasdorp
16-19 Februarie 1991

HOOFSTUK SEWE

I

Een van Botmasdorp se vele mini-tradisies is die Saterdagoggend-basaar. Dit word gehou op 'n oop plein wat sentraal geleë is, en daar gaan nie 'n week verby sonder dié basaar nie, indien die weer dit toelaat.

En vandag is die weer so reg uit die boeke, soos dit ook die afgelope paar dae was. Weg is die duisternis waarin die dorp gehul was, letterlik weg soos mis voor die son.

Die enigste reste is 'n aantal pointillistiese spatsels, cirro-cumulus, wit skapies.

Vog druip in die dampkring, die atmosfeer swanger met water geredelik in die lugstroom aan 't oplos. 'n Doulagie op die gras klad die basaargangers se skoene, en daar is 'n sweempie mis 'n klein entjie bo die grond. Hierdie dae is die voriges se silwer rand.

Bo dit alles dryf die gebabbel van mense wat hierheen gekom het vir vars vrugte en groente. Cathy vind die in- en uitdoof van hul stemme soos 'n namiddaglomerigheid. Daar is 'n voortstuwing van een stalletjie na 'n ander, 'n eindelose prysvergelyking en gehalte-inspeksie, 'n geknibbel vir tien sent afslag.

Anelda beman gewoonlik die sitrus-stalletjie, maar sy het Cathy die vorige aand gebel en gevra of sy dit vandag in haar plek sal behartig.

So gevra, so gedaan.

Die geld wat gemaak word, sal soos gewoonlik aan die burgemeester oorhandig word, wat dit sal aanwend vir die voorgenome restourasie van die kerkgebou. Cathy wonder watter persentasie van die bedrag in Paulus Dippenaar se sak gaan beland. Maar moontlik voel sy net so omdat hy haar . . .

Oor vier dae moet sy haar toespraak lewer.

Dit is vreemd dat die burgemeester nog nie opgedaag het nie. Gewoonlik is hy vroegoggend al hier om te sien hoe die basaar – sy geesteskind – vorder.

Een persoon wat egter nooit die basaar misloop nie, en vanoggend weer getrou op haar pos is, is Ans de Jager. Dié weeklikse gebeurtenis is 'n bron van inligting wat vir haar van onskatbare waarde is: hier kan sy sien, aflei en eie gevolgtrekkings maak oor die *who's who* van die dorp – watter man en meisie se vriendskap 'n groei toon sedert die vorige week, watter uitwerking dit op die gemeenskap kan hê, ensovoorts.

Hier kom sy weer aangesit, reguit op Cathy af. Ans het by 'n vorige geleentheid vir Cathy gesê dat sy wat Ans is, na regte in die Transvaal gebore moes gewees het, want raai, sy is mos glad nie lief vir lemoene nie. Wat sal sy dan nou by die sitrus-stalletjie kom soek? Asof Cathy nie kan raai nie . . . sy ken teen hierdie tyd al die vrou se *modus operandi*: eers sal sy al om die onderwerp wat sy in gedagte het beweeg. Sy sal jou steelsgewys benader, tot sy gereed is om haar kloue in jou weg te slaan en alle geheime tot op die been te ontbloot.

"Goeiemôre, Cathytjie," groet sy.

En met die gebruik van dié benaming werp sy onwetend lig op haar bedoelinge. Cathy weet al lank dat mense haar as Catharina aanspreek as hulle hul gesag wil afdwing. En die gebruik van haar noemnaam is alte dikwels 'n poging tot gemeensaamheid deur dié wat iets van haar wil hê. Cathy*tjie* ruim alle twyfel uit die weg.

Cathy groet.

"Hoe gaan dit, kind?"

Die kind wat nie so ver van dertig is nie, antwoord: "Goed, dankie. En met tante?"

"Ag, hene, my kind, ek weet nie aldag so mooi nie."

"Hoe dan so?"

"Ag, jy sal nie wil hoor van 'n ou mens se pyne en skete nie." Sy wag op versekering dat Cathy gretig is om daarvan te hoor, maar dit kom nie. "Jy moet jou gesondheid oppas terwyl jy dit nog het. Daar's 'n koeltetjie in die lug, daardie truitjie van jou . . ."

"Wil tant Ans nie 'n bietjie rondkyk nie? Die nartjies is baie lekker."

Ans kan nie weier nie, want dit is kwansuis waarvoor sy hierheen gekom het. Sy rol die oranjerooi bolle in haar hand rond, maar kyk oor hulle, deur hulle.

"Hoeveel vir hierdies?"

Cathy sê vir haar, en tant Ans koop sonder om eens te murmureer oor die prys. Sy bly by die stalletjie staan.

"Ek was gister by Anelda. Dit gaan darem al beter daar."

"Ek is bly om dit te hoor."

"Hoe gaan dit nou met jou vriendin?"

"Wie?"

"Heidi."

"O . . . Beter, neem ek aan."

"Maar soos ek vir Anelda sê, wat sy nodig het om haar deur hierdie moeilike tyd te dra, is 'n man se sterk hand."

Hier kom dit.

"Julle dink seker al ek is die vreeslikste ou *matchmaker*. Maar 'n mens is net een maal jonk. Voor jy jou kom kry, is jy oud en vol skete soos ek. Sien jy nog so baie van daardie . . ."

"Peter."

Cathy kyk oor tant Ans se kop na waar 'n seuntjie van sewe, agt jaar ronddraf terwyl hy 'n appel in die lug opgooi en met een hand vang, opgooi, vang. Sy wil weer na die vrou voor haar kyk, maar 'n abrupte beweging in die toneel wat sy so pas aanskou het, lei haar blik terug:

Die seuntjie het in 'n man vasgehardloop. Sy nek is styf van skrik, soos hy opkyk na die in swart geklede figuur. Die appel het hy laat val.

Die man se kleredrag is heeltemal uit tred met dié van die mense rondom hom. In Botmasdorp kom daar soms mense uit die stede aan wat opsetlik onkonvensioneel aantrek, maar sy het self in die stad gewoon en vind niks meer vreemd nie. Hierdie klere lyk egter of dit vir 'n kostuumbal ontwerp is, oorblyfsels uit 'n ander eeu.

Die man buk om die appel op te tel, en plaas dit in die seuntjie se hand. Dié kyk af daarna.

"Cathy?" sê die vrou.

"Ja? Jammer, tant Ans."

"Muisneste, nè?"

Die seuntjie hardloop, verdwyn in die skare. Die appel lê op die grond, waar hy en die man oomblikke tevore gestaan het.

"Ek was juis nou die dag by Bertha. Mevrou Du Toit, jy weet. Jou jongman se ma. Weet jy, sy maak mos die lieflikste hekelwerk. Kan skaars sien, maar met haar vingers is daar niks verkeerd nie. Ons sit nog so, toe –"

Ans de Jager trek haar asem in. Die man het asof van nêrens aan haar sy verskyn.

Soos die son val en die hoed 'n skaduwee oor sy gesig werp, word sy oë en neus weggesny, en word die toeskouer begroet deur die verweerde vlees aan die kaak, die wangbene spelonke wat na nêrens lei.

"Ek is jammer as ek u laat skrik het," sê hy. "Ek is nuut op die dorp, en het gedink dit is tyd dat ek kom gesig wys. Botma is die van."

"Snaaks genoeg, dit is Cathy hier se van ook," sê Ans en laat die man se hand los nog vinniger as wat sy dit vasgegryp het.

Cathy skud die man se hand. Dit is soos sneeu op die berge.

"Miskien is ons familie," sê hy.

"Ek dink nie so nie."

"Cathy is die laaste Botma van dié wat nog die hele tyd hier bly. Haar oupa se oupa –" begin tant Ans verduidelik.

"'n Mens weet nooit."

Iets het in Cathy se gedagtes opgekom. "Meneer, die ander aand – wanneer was dit, Maandag? – het my buurvrou gesê daar was iemand voor my huis. Wat sy nie ken nie. Wat my moontlik kom soek het. Dit was nie dalk –"

Sy mondhoeke krul net effens, en die binnelag blyk meer uit sy stem: "As ek mense soek, kry ek hulle gewoonlik."

Hy laat sy blik oor die vrugte dwaal, streel met 'n hand daaroor. "'n Baie indrukwekkende tentoonstelling. Ek sal u nie langer uit die werk hou nie."

"Ongeskik!" sê tant Ans terwyl sy kyk hoe hy 'n weg deur die mense baan. "Ek praat nog so . . ." Dit is asof sy skielik iets besef, dan sê sy hardop: "Nee, tog seker nie."

"Wat, tant Ans?"

Die vrou se kop ruk om wanneer sy onthou daar is iemand wat

haar kon hoor. Ans de Jager handel slegs in die geheime van ander – haar eie bewaar sy soos goud.

"Nee, niks, kind." Sy druk vir oulaas aan 'n lemoen – en haar duim sak tot by die kneukel daarin weg. "Oe!"

Cathy frons. "Dit kan nie wees nie. Ek het voor ek oopgemaak het al die vrugte nagegaan vir slegte kolle. Daar was niks."

"Daar is nou." Ans hou nog 'n gekneusde lemoen in die lug. "Maar ek moet gaan."

Cathy kyk na die vrug wat tant Ans weer neergesit het:

Die vrotting het die lemoen sy volmaakte rondheid ontneem. Plek-plek is dit wit en groen beskimmel: 'n maanlandskap. En naby die groen eelt wat eers vrug aan tak geheg het en nou ingesink is soos 'n naeltjie, diép, asof iemand besig is om die vrug van binne te eet, is 'n bruin, vratagtige area, met in die middel daarvan iets wat haar herinner aan aknee wat te veel gedruk is.

Daar is 'n hele paar vrugte wat bederf is. Een vrot appel . . .

Kan dit die gevolg wees van die afgelope ruk se eienaardige weerstoestande? Maar vanoggend nog . . .

Ongeveer 'n derde van haar voorraad is aangetas. Sy soek sorgvuldig dié wat verdag lyk uit, en gooi dit in 'n kartondoos wat in die stalletjie se hoek staan. Daaroor drapeer sy mooi netjies 'n afdroogdoek.

Wat die oog nie kan sien nie . . .

2

Anelda daag later op, om seker te maak alles is in die haak by die stalletjie.

"Ja," sê Cathy, sonder om na die kartondoos te kyk. Sy wonder waarom Anelda nie na haar suster se begrafnis was nie.

"Ek hoop nie ek het jou . . ."

"Ek het niks gehad om te doen nie."

"Hoe gaan dit met Peter?"

"Goed." Sy het nie bedoel om kortaf te klink nie, maar die belangstelling in haar en Peter se verhouding is so kensketsend vir die opvatting dat 'n meisie nie op haar eie oor die weg kan kom nie, dat sy in haar alleenlopersfase 'n halwe is op soek na aanvulling, dat sy wil skree as iemand sy naam noem.

Wat nog meer steurend is, is dat sy al hoe meer begin vermoed sy bewys hulle het reg. Al is dit 'n oordrywing om te sê dat iemand altyd in jou gedagtes is, is Peter nooit ver daarvandaan nie. Waar sy voorheen dinge vir haarself uitgeredeneer het, tot op die punt dat sy met haarself gepraat het, begin sy nou meer en meer op hom steun, is sy gretig om sy mening in te win, en sal sy ná die tyd haar eie besluite en instinkte in heroorweging neem. Die liefde gaan nie om 'n halwe wat heel word nie, is sy oortuig, maar halveer jou juis: onselfgenoegsaam sit jy en wag op iemand anders se aankoms, dat jou dag se son weer kan skyn.

"Hoe lank gaan hy nog hier wees?"

"So 'n ruk."

Anelda kan aflei dat sy nie verder oor die onderwerp wil praat nie. "Ek sal Maandag weer by die werk wees. Dit help tog nie ek sit die hele tyd by die huis nie."

"Voel jy al beter? Want Alice het mos gesê jy kan uitbly so lank as jy wil."

"Ja, maar wat sy sê en wat sy bedoel . . ."

"Sy was self Dinsdag laas by die werk."

"Is sy siek?"

"Nee." Cathy vertel haar van die boodskap wat Heidi gebring het. "So, ek is alleen in die biblioteek. En as die kat weg is . . . Ek kan die telefoon gebruik wanneer ek wil, tyd vir middagete, ag, jy weet mos."

Iets het Anelda bygeval. "Dit moet seker my verbeelding wees," sê sy, terwyl sy eers omdraai en na die mense kyk en weer terugdraai, "maar ek het iemand gesien. Toe ek hier aangekom het. Nou sien ek hom nie meer nie."

"Wie?"

"Ag, ek's sommer laf. Dit moet nog die skok wees, en alles. Maar . . ." sy kyk weer om ". . . toe ek met Marie se buurvrou gepraat het, het sy my gesê hoe die man gelyk het wat by die huis ingegaan het. Ek kan sweer dié een . . ."

"Wat sal hy hier maak?"

"Dis wat ek ook wil weet. Daarom sê ek ek verbeel my seker.

Ek het hom ook net 'n sekonde lank gesien, toe is hy tussen die mense in. Klink ek vir jou asof ek besig is om simpel te raak?"
Dit lyk nie asof Anelda self 'n antwoord op die vraag het nie.
"Natuurlik nie. Daardie konstabel is 'n ruk terug hier verby. Die een met die rooi hare."
"Phillip Meyer?"
"Ja, hy. As jy dink –"
"Jy's seker laf! En my naam gat maak as hy 'n onskuldige man begin uitvra, en ek sê ek het gesê . . . Nee."
"Jy moenie dit los as jy dink –"
"Ek het ook nie gesê ek gaan dit lós nie."
Bertha du Toit het die vermoë om haar verskyning te maak wanneer jy haar die minste verwag. Cathy het gedink dit is net nog iemand wat na die vrugte kom kyk toe sy agter Anelda opdoem. By haar is 'n vriendin, 'n vaalhaarvrou wie se naam Cathy nie kan onthou nie.
"En kyk wat het ons hier," sê Bertha en vat aan 'n suurlemoen sodat dit moet lyk asof sy daarna verwys. Nogal toepaslik dat die vrou tot die súúrlemoene aangetrokke voel, dink Cathy.
"Nou ja, dan sien ek jou Maandag," sê Anelda en stap weg. Sy kyk rond asof sy iets soek.
"Jy ken mos vir Cathy," sê Bertha vir die vaalhaarvrou. "Dis sy wat in die biblioteek werk. Die een by wie my seun kuier, dat hy nie by sy eie ma uitkom nie."
Cathy kan voel hoe die bloed in haar wange opstoot. Sy is moeg daarvoor om die alewige slagoffer te wees, die een vir wie mense enigiets kan sê en daarmee wegkom. Wat sou Anelda byvoorbeeld geantwoord het?
"Mevrou, as hy by jou wou uitkom, sou hy."
Die vrou laat byna haar mandjie val, maar beweeg nader. Om beter te kan sien, my kind.
"Wat sê jy daar?"
Dit is 'n aanduiding vir haar om terug te val in haar ondergeskikte, onderdanige rol. Al wat sy hoef te doen, is om te sê sy is jammer, en Bertha du Toit sal 'n laaste snydende aanmerking maak, en sy en die vrou sonder naam sal weggaan.
Maar: "Jy het gehoor wat ek gesê het." Haar stem is verba-

send suiwer; sy het gedink dit sal kraak as sy so iets vir iemand sê. Maar dit voel goed om dit te sê, om die reëls van etiket wat deur 'n onsigbare hand geskryf is, te oortree. Om te ver te gaan.

Die vrou is rooi in die gesig. Die wolf is besig om asem te skep, en die stalletjie is van strooi.

"Môre, Ma."

Dit is gepas – die heldin moet mos altyd op die nippertjie deur die dapper ridder gered word. Maar Cathy wonder of Peter se opwagting nie nog groter moeilikheid gaan veroorsaak nie. Hy het weer 'n blou hemp aan, merk sy op. Asof dit nou saak maak! Die kleur van sy oë.

"Wel, wel," sê Bertha. "Die verlore seun."

"Hoe gaan dit?" Aan sy skoongeskeerde, effens te ronde gesig is daar iets weerloos, maar die hande in sy broeksakke is die ene uitdaging.

"Ek het maar self gekom om my toekomstige skoondogter beter te leer ken."

"Dan wonder ek of sy nog sal voel na trou."

Die vaalhaarvrou het genoeg opwinding vir een dag gehad en sê: "Sal jy my verskoon, Bertha? Ek dink ek sien vir Myra." En verdwyn.

"Ek sou gesê het jy is skaars," sê Bertha, "maar skaars is nie die woord nie."

Cathy wens sy kan die klap van die stalletjie laat sak en haarself hierbinne toesluit, en hulle buite laat.

Peter moes haar gedagtes gelees het, want hy vat sy ma aan die arm en begin haar weglei.

"Kom saam."

"Wat nou –"

"Kom saam."

Hy gaan eers 'n paar stalletjies verder staan, waar 'n mens moet betaal om borde met 'n klip stukkend te gooi. Seuns staan in 'n lang tou en wag om vir dié sinlose plesier te betaal. Vir 'n omstander moet die Du Toits lyk soos enige moeder en seun wat in 'n ernstige gesprek gewikkel is. Hul woorde word gesmoor deur die geluide van borde wat in stukke spat.

"Jou maniere is swak, Pieter."

"Peter. My naam is Peter."

"Jou naam is Pieter, dis hoe ek en jou pa jou laat doop het."

"Jy het net so min sê oor hoe ek myself moet noem, soos oor enigiets anders aan my."

"Ek is jou ma."

Hy sug. "Ja, maar as ons mekaar sien, dan is dit oorlog. Vir wat sal ek dan wil kom kuier?"

"Hoekom het jy dan teruggekom? Ek het gedink, toe Ans my sê –"

"Vader weet."

"Moenie so praat nie. Die Here hoor jou."

"Laat ons nou nie dáárop ingaan nie." Hy dwing homself om sagter te praat. "Jy het my gevra wat ek hier kom maak het. Ek weet nie, maar –"

"Hoe kan jy nie wil weet nie?"

"'n Artikel kom skryf, ek weet nie. Wat het jý hier kom maak, hier, by die basaar? Moeilikheid?"

"Vir wat sal ek, en by wie nogal?"

"Ek waarsku jou nou. Ek sou nooit meisies huis toe kon gebring het nie, want geeneen sou goed genoeg in jou oë wees nie. Die een sou te vet wees, die ander te dom . . ."

"Wat het dit –"

"Ek wil jou nie naby Cathy hê nie."

"Is dit dan al só ernstig?"

"Ek sê jou nou."

"Is jy dan bang dat as ek iets sê, jy sal kan sien wat als fout is met haar? My kind, jy het tog oë in jou kop."

"Ek is nie jou kínd nie."

"Natuurlik is jy; sal altyd wees ook. Jy kom maar altyd weer terug, en ons probleme . . . ag, dit is net probleme." Haar stem het begin klim. "Vir daardie meisie sal jy so gou moeg word –"

"Ek waarsku jou."

"Sy is net –"

'n Paar borde breek op een slag en 'n kreet gaan op. Hulle staan verder uitmekaar, en opeens wonder albei of enigiets die band tussen hulle minder styf sou kon laat knel. Albei het geskrik vir wat hulle nog wou sê.

Hulle kyk om hulle heen, is terug by die basaar.
'n Bord breek.
"Jy weet waar die huis is," sê Bertha.
"Ja." Die antwoord gee niks prys nie.
"Óns huis."

HOOFSTUK AGT

I

Peter help Cathy om op te pak ná die basaar en loop saam met haar huis toe.

Dit is daardie tyd van die dag wat herinner aan 'n plaat wat te stadig gespeel word – bewegings is traag. Die hitte is terug; 'n sweetsnor op die bolip. Die omgewing raak-raak aan die werklikheid: die helderheid daarvan is amper te veel om in te neem. (Maar as daar so baie daarvan is, moet dit juis werklik wees.)

Selfs die begraafplaas lyk te goed om waar te wees, dié finale rusoord so goed versorg soos 'n jonggetroude vrou se huis net voor haar skoonmoeder se besoek. Die grafstene staan ry op ry, vertikaal en horisontaal, 'n blokkiesraaisel.

Alles in Botmasdorp is so goed beplan dat die dorp maklik 'n stuk borduurwerk kon gewees het – oral waar jy kyk, sien jy 'n patroon.

"Waarvoor lag jy?" vra Peter.

"Het ek gelag?"

"So 'n halwe giggel."

"Ek het daaraan gedink dat die dorp my aan 'n stuk borduurwerk herinner."

"Jammer ek het gevra," snork hy gemaak geaffronteer.

Hulle lag, en loop in stilte, behalwe vir die geskel van die sonbesies. Hulle rek hul treë in 'n skadulose area, en loop stadiger wanneer hulle onder 'n boom deurloop.

"Waaraan herinner dit jóú?"

Hy kyk in 'n systraat af, dan na die straat wat voor hom uitstrek. "'n Blokkiesraaisel."

Sy wil eers sê: "Dis presies waaraan ek nou net gedink het!" Maar dit sal so aangeplak klink. Soos tieners wat die eerste maal uitgaan, en mekaar dan wil beïndruk met hoe eenders hulle oor sake voel.

En dit is 'n saak wat sy nog nie met haarself uitgemaak het nie:

Is sy bly dat hy haar gedagtes deel en dat hy sodoende, by gebrek aan 'n beter woord, 'n sielsgenoot geword het? Of kan dit wees dat haar gedagtes nie meer volkome haar eie is nie, maar deur 'n koppeling met syne tot uiting kom? Kan dit wees dat twee mense eenders oor dinge kan dink? Of is dit maar net 'n geval van 'n swakker wil wat by 'n sterkere inval? Indien dit die geval is, kan hierdie liefde – nou ken sy Peter al lank genoeg om die gevoel by die naam te noem – haar doelstelling verydel: om op haarself aangewese te wees.

"Jy is stil vandag," merk hy op.

"Hmmm." Hierdie verhouding gaan nog baie dinkwerk verg.

"Ek sien hulle het aan die huis gewerk."

"Watter een? O."

"Jy loop en droom met oop oë."

"Is nie. Ek weet van alles wat om my gebeur. Jy's reg, die huis het verf gekry, lyk dit my. Die bietjie wat ek kan sien. Hulle kan gerus 'n paar van die bome afkap, die tuin is 'n oerwoud. Het ek jou al gesê, die man se van is ook Botma?"

"Familie?"

"Nee. Natuurlik nie. Dis 'n baie algemene van."

"'n Mens weet nooit."

"Dis wat hy ook gesê het. Hy was by die basaar." Sy frons – dit was nadat die man daar was, dat – Nee.

Oos wes, tuis bes, dink sy, en weet nie dat Peter dieselfde dink nie, en albei is stil terwyl Cathy die hekkie oopmaak en hulle haar huis binnegaan.

"Kry vir jou 'n stoel," sê sy. "Wat dink jy moet ons eet? Ek het 'n groot verskeidenheid blikkies." Sy wag nie op 'n antwoord nie, want sy het so pas onthou dat dit haar huis is en sy geregtig is om die besluite te neem. 'n Blik worsies. En 'n blik ertjies.

"Sê as ek kan help," sê Peter van waar hy by die deur staan. Hy het toe nooit gaan sit nie. Sy onthou die keer toe hy haar hier in die kombuis vasgedruk het. Hoe sal sy reageer as hy dit nou weer doen?

Maar dan moet dit bloot 'n vashou wees, 'n toevou in sy arms, met niks wat in ruil geëis word nie.

"Jy kan vir ons tee maak," sê sy, want dan het hy iets om met sy hande te doen. Die worsies ploenks sy in een pot, die ertjies in 'n ander.

Die telefoon lui, en sy gaan na die slaapkamer om te antwoord.

Dit is Alice, maar dit weet Cathy eers vir seker wanneer die vrou sê wie sy is. Cathy wil vra of sy ongesteld is – want dit klink so – maar indien dit die geval is, sal Alice wel so sê. Die gesprek word vertraag deur lang stiltes voordat sy op 'n vraag of opmerking reageer, sodat Cathy meer as een keer dink sy het afgelui.

"Ek sal Maandag terug wees by die werk," sê Alice.

"Ek is bly om dit te hoor." Cathy kry solank 'n lys gereed van wat sy alles in Alice se afwesigheid in die biblioteek vermag het, maar die vrou vra nie daarna nie. Die stilte duur hierdie slag so lank – asof Alice haarself uitgeput het met die oordrag van die inligting – dat Cathy hard moet dink aan iets om te sê: "Anelda sê sy sal ook Maandag terug wees."

"O." 'n Stilte. "Hoe gaan dit met haar?"

"Sy lyk baie beter. Hoe vorder dit met meneer Botma se manuskrip?"

'n Stilte. 'n Láng stilte. "Dit is klaar."

"Dit was seker 'n lange. Geen wonder jy was nie by die huis nie. Ek was –"

"Dit is al lankal klaar. Ek is al lankal terug by die huis."

"Maar –" Cathy het daardie oggend vroeg, voor sy basaar toe is, daar aangegaan. En die vorige aand. En as Alice by die huis was, wel, dan het sy nie die moeite gedoen om die voordeurklokkie te beantwoord nie.

"Dit is al lankal klaar. Ek is al lankal terug by die huis."

"Dan sien ek jou Maandag," sluit Cathy af, want dit het begin voel asof sy met 'n antwoordmasjien praat.

"Dit lyk my nie dit was goeie nuus nie," sê Peter wanneer sy terug is in die kombuis.

"Dit is nooit goeie nuus as die baas terugkom werk toe nie. As sy weg is, is ek baas."

"Maar die kat kom weer."

"Presies. En nog iets. As ek ook een van die dae herhalend en in 'n monotoon begin praat, moet jy nie verbaas wees nie. Nou die dag was dit Heidi, nou is dit Alice wat klink asof sy 'n oordosis pille gesluk het."

Hulle dek haastig tafel, en die kos word opgeskep.

"Lekker," sê Peter.

"Moenie spot nie."

"Ek spot nie."

"Ek weet nooit wanneer is jy ernstig nie."

"Goed," sê hy met 'n vol mond. "Tyd om ernstig te wees. Jy het nou al die twyfelagtige voorreg gehad om my ma te ontmoet. Al wat ek van jou pa en ma weet, is dat hulle dood is. Myne ken jy; joune . . ." Hy lê sy mes en vurk neer, om meer ernstig te lyk.

"Wat meer wil jy weet? Hulle is dood." Die worsie het begin galsterig raak in haar mond.

"Jy praat nooit oor hulle nie."

"Wat wil jy hê moet ek sê? En jy praat nooit oor jóú ma nie."

"Dit is seker waar." Hy eet verder. "Dit is maar net dat ek jou beter wil leer ken."

"Ek dag jy ken my reeds."

"Jy weet wat ek bedoel. Meer omtrent jou weet. Wat al alles met jou gebeur het. Of jy 'n pop gehad het, 'n hond. Ek ken net vir jou, soos jy nou hier voor my sit. En ek weet jy het 'n suster. Alles in die verlede . . . daarvan weet ek niks nie."

"Die verlede is begrawe." Skielik sien sy weer die begraafplaas waar hulle verbygeloop het, maar nou is dit van die gerusstellende simmetrie beroof. Die grafstene is gerangskik in die kruis-en-dwars skakels van 'n blokkiesraaisel, ja, maar as iemand die regte kombinasie van sleutels sou vind, en dit moet ontsluit . . . "Die verlede is dóód."

"Goed, die toekoms dan. Ek en jy."

Sy het nooit gedink so 'n toekoms sou oor 'n bord wors en ertjies bespreek word nie. Ook nie dat sy dit ooit met iemand sóú bespreek nie. En dat daardie iemand deel daarvan gaan wees nie. Gaan, of kan. Daarom vra sy die vraag wat sy al dae lank wil vra, maar waarvan sy nie die antwoord wou weet nie. "Tot wanneer is jy hier? Wanneer, presies?"

"Die twintigste."

"Woensdag, dus."

"Dan is al die groot kanonne afgevuur, en die dorp 'n eeu oud, en het ek nie 'n verskoning om langer te bly nie." Hy stoot sy leë bord uit die pad, en neem haar hand in syne. "Jy weet, jy laat my soms dink jy sal my nie eens mis as ek weg is nie."

"Hoe kan jy so iets wil sê?"

"Jy wil my nie te naby jou hê nie."

Sy haat die manier waarop hy besig is om haar te manipuleer; dit laat haar dink aan – Dit is blatante afpersing, 'n bevel wat uitgeskree word en haar emosies moet op aandag spring, en sy sal haar nie –

"Jy bedoel: seks."

"Ja, dit ook."

"Nee, nie dit óók nie. Dit is mos ál waarin julle mans belangstel. Ek sal nie verbaas wees as dit al rede is hoekom jy nou hier sit nie." Sy mond het oopgeval, maar dit is nou te laat om haar woorde terug te trek, sy moet voort. "Jy het klaar geëet. Dit is miskien beter as jy gaan."

"Ek het nog nie my tee gedrink nie."

"Goed. Drink jou tee."

Hulle praat nie, en terwyl hulle so sit, kom Cathy se pa binne. Dit is nie die etensvertrek nie, maar haar en Elaine se slaapkamer, en hulle is in hul beddens, aan aparte kante van die vertrek. Dit is laat en donker en al die ligte is af, maar sy het die lig van haar pa se kers deur die opening onder die deur sien groei, en toe gehoor hoe hy die handvatsel draai en die deur saggies o so saggies oopstoot en weer toemaak.

"Is julle nog wakker?" fluister hy. "Cathytjie? Elaine?"

Elaine het haar beddegoed oor haar kop getrek. Cathy weet nie of dit nog die hele tyd so was, en of sy dit eers gedoen het toe die deur begin oopgaan het nie.

"Aaaa . . . een se ogies is nog oop," kom hy na Cathy se bed en sit die blaker op die bedkassie neer. "Op 'n druppel water," mompel hy in verwondering by die aanskoue.

"Is jy nou Cathy, of Elaine?" probeer hy 'n grap daarvan maak.

"Cathy." Sy wou nie gepraat het nie, hoekom het sy?

"Kom ons kyk." Hy kniel voor die bed, asof hy gekom het om hier te bid. Maar dit kon hy in sy en sy vrou se kamer gedoen het. Hy trek die beddegoed weg, en sy hande is sweterig wanneer hy die strikkies van haar nagrok begin losmaak.

Sy draai haar kop muur toe, want sy hou nie daarvan om hom so na haar te sien kyk nie. "Jy weet nie wat jy aan my doen nie," het hy 'n vorige keer gesê, maar sy dink sy weet maar net te goed. Ná 'n ruk sal hy wel weer weggaan, en die volgende keer is dit dalk Elaine se beurt.

En die reuk wat aan hom kleef: 'n sweterigheid van die dag se harde werk, tabak op sy asem. 'n Manlike reuk.

"Meisie, my meisie. My meisie."

Die reuk van alle mans.

'n Knip van haar oë, en dit is Peter wat oorkant haar sit. Sy koppie is leeg.

"Wil jy rêrig hê ek moet gaan?" vra hy.

Nee. "Ja."

"Goed dan. Jou besluit." Hy stoot sy stoel terug.

Sy keer hom by die deur. "Dis vir my 'n moeilike tyd."

"Die tyd is min."

En daarmee is hy weg.

Dit is nog ure voordat sy kan gaan slaap. Wat gaan sy maak om die tyd om te kry? Hoe leeg gaan haar dae nie wees as hy nie meer daar is om hulle vol te maak nie?

In die kas langs haar bed, haar maagdelik reine bed, is drie geskrewe bladsye: haar toespraak.

Sy gaan staan voor die spieël. Dit is weer eens 'n bevestiging van haar vermoedens. Daar is geen identiteit aan haar gesig nie. Sy is so gewoond daaraan, dit is soos 'n meubelstuk, 'n collage met 'n geboë neus en kakebeen wat 'n bietjie te prominent is. Sy vee die frons tussen haar wenkbroue weg.

"Ek was in die bevoorregte posisie om in Botmasdorp gebore te word, en groot te word," sê die spieël.

2

Ans de Jager is in die tuin voor die man se huis.

Hoe kon hy so seker wees sy sou hierheen kom? Sy het dit nie eens self geweet nie. Gewoonlik, as mense in 'n gebiedende stem met haar praat, ignoreer sy die opdrag. Gewoonlik.

Die geur van appels is byna oorweldigend, waar sy onder die boom staan sodat sy nie van die huis af gewaar kan word nie.

Dit het alles by die basaar begin, toe sy besef het wie die man is. Of wie hy moontlik kan wees. Die *is* en die *kan wees* is om 't ewe; haar instink het haar nog nooit in sulke gevalle in die steek gelaat nie. Buitendien is sy kleredrag en voorkoms van so 'n aard dat hy nie maklik met iemand anders verwar kan word nie.

Sy het hom gevolg toe hy die basaar verlaat, al in die strate af, so 'n paar meter agter hom. Hy het nie een maal omgekyk nie, en haar teleurgestel deur reguit na sy huis te gaan.

En sy is terug na hare, waar sy gewik en weeg het oor die regte benadering. Die man, indien sy reg het, kan gevaarlik wees, nee, ís gevaarlik, en hy moet dus nie weet wie sy is nie. Net vir 'n oomblik het sy oorweeg om dit alles te laat vaar, maar nee, sy is dit aan die gemeenskap verskuldig om hom vir sy daad te laat boet. Sy kon nie na die polisie gaan nie, want die plaaslike tak is so power . . . maar sy kon self iets aan die saak doen.

Sy het die sentrale gevra of die nuwe eienaar van die Moolman-huis al 'n telefoon het.

"Meneer Botma?"

"So, hy het een. Sit my deur, asseblief."

En toe, met 'n sakdoek oor die spreekbuis, het sy die man vertel wat sy van hom weet. Sy stilte aan die ander kant was vir haar bewys van sy skuld en vrees, en sy het sterker gevoel as in jare – nieteenstaande haar rumatiek. So in die praat het sy gewonder aan wie sy hierdie geheim sou kon toevertrou.

"Wat wil jy daarmee maak?" het die man gevra, en haar onkant betrap, omdat sy juis nie geweet het wat om met haar inligting te maak nie, en omdat hy nie probeer het om dit te ontken nie.

Aanval is die beste vorm van verdediging: "Wag en vind uit."

"Jy weet waar my huis is. Kom dat jy vyfuur hier is, mevrou De Jager."

Die lyn was dood, soos die spiere in haar bene. Hoe kon hy geweet het dit is sy?

En hoe kon hy so seker wees dat sy wel hierheen sou kom? Want sy het dit self nie geweet voor sy die hekkie oopgestoot en die tuin binnegekom het nie.

Nou wag sy hier, want dit is nog nie vyfuur nie. Nee, die tyd is nie al rede waarom sy nog hier onder die bome bly staan nie. Sy is bang. Sy moes iemand gesê het sy kom hierheen.

Sy beweeg versigtig na 'n venster, loop sodat sy takkies en droë blare mistrap, trap rondom plekke waar die grond omgedolwe is.

Dit is die studeerkamer se venster. Bruinrooi fluweel vorm 'n raam, soos gordyne wat weggetrek is vir 'n toneelstuk. Die lig is aan in die vertrek, want die huis is donker, met 'n aura van antikwiteit wat vermoedelik deur moderne tegnieke bewerkstellig is.

Daar is iemand in die vertrek, maar dit is nie die man wat sy by die basaar gesien het nie. Dit is Heidi Jansen se broer, wat is sy naam nou weer?

Hy staan by die boekrak. Dit lyk of hy lankal so staan, so stil.

Dan gee Ans 'n tree agteruit wanneer 'n donker figuur skielik in sig kom. Hy moes reg langs die venster gestaan het, en sy rug is na haar terwyl hy na die jong man begin stap.

Die man se bewegings is teatraal en selfbewus, al weet sy hy kon haar nie gesien het nie. Steeds met sy rug na haar, neem hy die jong man se gesig tussen sy hande en plaas sy lippe op syne.

3

Gewoonlik is Stefanus Vollgraaff se Sondagoggendpreek reeds dae voor die tyd klaar voorberei. Wanneer hy die kateder bestyg, weet hy presies wat hy wil sê. Maar nou is dit al laat Saterdagmiddag en hy kan aan niks dink nie.

Hy wil eerder vergeet wat 'n week gelede gebeur het. Miskien ook dié dat hy nie op die werk kan konsentreer nie. Ja, hy het daaraan begin dink as 'n werk, nie meer as 'n roeping nie. Want hy vrees die volgende keer dat hy voor die gemeentelede moet verskyn en hulle moet lei. Moet, nie wil nie. Môre.

Uiteindelik, nou, het hy homself gedwing om na sy studeerkamer te kom. Hy mag nie hier uitgaan voor hy nie iets op skrif gestel het nie, al is dit net rowwe aantekeninge.

Hy slaan die Bybel na willekeur oop, vir inspirasie, maar al die gedeeltes lyk onvanpas vir die boodskap wat hy aan die gemeente wil oordra, naamlik, dié van hoop in 'n donker eeu. In Job 2: "Job vervloek sy geboortedag voor sy vriende." En daarby nog hoofstuk 3 vers 23: "Waarom die lewenslig gee aan 'n man wat vir hom geen pad vorentoe sien nie, 'n man vir wie God van alles afgesny het?"

Hy kan nie help om te dink aan sy vrou nie, nou al amper 'n jaar lank oorlede. Sy is oral in die huis, in elke meubelstuk, tafelmatjie en gordyn. Aan die einde van haar lewe, neem hy aan, het sy na die dood verlang, al het sy dit nooit gesê nie.

In Jesaja 9: "Ondanks dit alles bedaar die toorn van die Here nie; sy hand bly uitgesteek teen hulle."

In Esegiël 21: "Ek is jou vyand."

In Eksodus 10: "Die negende plaag: drie dae donker."

Daar is niks in hierdie boek vir hom nie – dit bevestig net wat hy nie wil weet nie.

In Job 33: "God spreek die mens aan ... en dreig dat Hy hom sal straf."

Miskien moet hy glad nie van 'n teks gebruik maak nie. Hy het al vantevore 'n paar maal so 'n diens gelewer – bloot 'n gesprek met deelname uit die gehoor, oor alledaagse dinge, maar wel met 'n boodskap daaragter.

Maar wanneer hy sy mond oopmaak, is dit net die een fok en moer en bliksem op die ander, en is hy bly dat sy vrou nie daar is om dit aan te hoor nie.

Net voor hy die Bybel toeslaan om dit oor die lengte van die vertrek te gooi, val sy oog op die eerste vers van Jeremia 6.

"Mense van Benjamin, gaan soek veiligheid buite Jerusalem."

4

Uiteindelik, op die kop vyfuur, klop Ans de Jager aan die man se voordeur, soos hulle albei geweet het sy sou.

Wat sy in sy studeerkamer aanskou het, het haar geskok, maar dit is nog meer getuienis teen hom. Vanmiddag sal sy hom vertel waar Dawid die wortels gegrawe het, dis nie altemit nie.

Sy kan hoor hoe iemand oor die houtplanke van die gang nader kom.

Die figuur is aan 't smelt in die deur se glaspaneel: die pienk is waar die kop ongeveer moet sit, maar dit wring hierheen en daarheen, die donkergroen wat kledingstuk moet wees, deel daarvan. Vaste vorms skuif soos die fatsoene in 'n kaleidoskoop. Wanneer die deur oopgaan, verwag sy die gesig moet steeds in skerwe wees, maar die donker oë het betyds uit hul kasse na vore gekom, die mond sit op sy regte plek, en die rok het uit haar gesig gedreineer.

"Middag, Ans," sê Alice.

"Wat maak jy hier?"

"Kom in."

Alice beweeg voor haar in die gang af. Dit is die mooiste huis wat Ans nog gesien het. Niks wat sy aan die buitekant waargeneem het, kon haar voorberei het vir die weelde en oorvloed wat haar uit elke hoek begroet nie. Dit is asof sy 'n prenteboek oopgeslaan het en dié daad die beelde laat lewe kry.

Want dit wil haar voorkom asof die kandelaber en silwerkersstaanders 'n lewe van hul eie het. Dooie, huislike ornamente het eenvoudig nie so 'n glans nie – hierdie gloed kom nie van buite nie, maar uit die kern. Die mat onder haar skoene is van die fynste sy geborduur, 'n paradystoneel met lower, voëls en vrugte.

Alice neem Ans na die studeerkamer. Van die man en sy jong metgesel is daar niks te sien nie, maar daaroor kan Ans haar eie gevolgtrekkings maak.

"Kan ek vir jou iets te drinke aanbied?" vra Alice.

"Voel jy sleg?"

"Tee? Rooibos?"

"Nie vir my nie, dankie."

Maar Alice gaan na die kombuis, asof Ans wel om tee gevra het. Iets is hier nie reg nie, besluit Ans. En dit behels meer as wat sy by die basaar begin vermoed en deur die venster gesien het.

Aan die ander kant: kan iemand wat sy blyplek op so 'n lieflike wyse ingerig het, in staat wees tot die sedeloosheid wat sy voor sy deur wil lê? Sweerlik nie.

Terwyl sy wag vir Alice, hou haar oë nooit op om in die vertrek rond te dwaal nie. Op die groot lessenaar lê 'n donkerblou lêer wat sy graag sal wil oopslaan, maar netnou word sy betrap.

Daar is genoeg ander dinge om na te kyk. 'n Boekrak met boeke waarvan die omslae egte leer moet wees. Ander meubels en ornamente.

Sy wonder watter soort boeke in die boekrak is – dit beslaan amper 'n hele muur. En dié gedagte lei tot 'n volgende: Wat het geword van 'n boek wat haar heiligdom was toe sy klein was? Sal nie verbaas wees as die kleinkinders dit gesteel het nie.

Dit was 'n boek met sprokies, wat sy vir haar sewende verjaarsdag present gekry het. Daarin was 'n hele ander wêreld om jouself in te verloor, 'n fiksie wat meer werklik was as die alledaagse lewe. Sy het vinnig elke sprokie uit haar kop geleer.

En nou weet sy waarom dié kleinood uit haar kinderdae in haar gedagtes opgekom het. Dit het niks te make met die boekrak oorkant haar nie.

Dit is bloot dat die huis haar herinner aan 'n beeld wat sy in haar kinderdae vir haarself geskep het.

Nee, nie net herinner nie. Dit lyk net so.

Van hoe sy een of twee tonele in die sprokiesboek "gesien" het. Die boek was nie geïllustreer nie, en daar was slegs die woorde om te dien as vertrekpunt vir jou verbeeldingsvlugte. En sy was te jonk om te weet hoe 'n paleis lyk – vir haar het dit destyds die volgende beteken: mooi huis.

Hierdie huis.

Daar is die silwergoue kruik wat sy destyds met weelde geassosieer het. Maar hoe is dit moontlik? Of verbeel sy haar nou net, soos sy soveel jare gelede in haar verbeelding geleef het?

Met haar uitgetrapte skoene is sy weer 'n Aspoester wat nie in hierdie glorieryke omgewing aard nie.

Een ding is wel anders. Hierdie huis het niks van die warmte waarvan sy gedroom het nie. Dit is nie 'n paleis waarin daar 'n fees gehou word nie.

Dit is daardie paleis, sekerlik, maar honderde jare later, soos die prins dit aantref wanneer hy opdaag om die slapende skone wakker te maak. Hy vind al die weelde soos dit altyd was. En in haar slaapkamer lê die prinses en wag op hom; ook sy is so mooi soos op die dag toe sy aan die slaap geraak het, ook sy het in die doodse stilte nie heengegaan nie, sag of andersins.

Alice keer terug. "Jou tee."

"Dankie." Ans drink meer uit beleefdheid as omdat sy daarvoor lus het, want sy het nie hierheen gekom vir 'n middagkuiertjie nie. Die man kon haar tog nie oor die telefoon verkeerd verstaan het nie. Of neem hy haar nie ernstig op nie? Hy behóórt! En weer die tergende vraag: hoe het hy geweet dat dit sy is aan die ander kant van die lyn?

"Wat dink jy van die huis?" vra Alice in haar nuwe stem.

Simpel vraag, wil Ans sê. "Baie mooi." Sal Alice bewus wees van wat in die studeerkamer aan die gang was net voor sy wat Ans is, aan die voordeur geklop het? Skielik wens sy sy was nie hier nie, maar agter 'n ander voordeur, haar eie, en dit dig gesluit.

"Hy is besig om sterker te word," sê Alice.

"Hoe bedoel jy?" vra Ans, want die jonger vrou se woorde is 'n geheim, en sy hou nie van 'n geheim nie.

"Dit het eers ná 'n ruk vir my mooi geword. Vir jou was dit mooi van die begin af."

Daar is 'n slag, en Ans besef dit is haar koppie wat geval het. Sy kon dit eensklaps nie meer vashou nie. Die vloeistof brand op haar maag, in haar skoot. Sy wil sê sy is jammer, maar dit lyk asof die val van die koppie deel is van die beplande gebeure, want Alice het nie 'n oog geknip nie.

"Ek kan nie beweeg nie."

"Ek weet."

"Jy wéét?"

"Ek weet."

En die man, Botma, verskyn in die deur. "Jammer ek was nie hier om jou persoonlik te ontvang nie," sê hy in Ans se rigting, "maar ek het besigheid gehad om af te handel."

Normaalweg sou Ans gesê het dat sy dit goed sal glo, maar haar tong is nie meer haar eie nie. Ongelukkig is daar niks met haar sig verkeerd nie, en elke lyn, nee, haal van die man se gesig word vergroot deur die elektriese lig. Waar sy hoed sy gesig met die genade van 'n skaduwee verskans het, is die gruwel nou ten volle ontbloot.

"Hy vat jou siel, jy weet," gaan Alice voort, skynbaar onbewus van die man se binnekoms. "En gee aan jou terug – homself."

"Siel is 'n baie groot woord," sê Botma. "Vir iemand soos jy, Ans . . . ons kan maar die ge-mevrou laat staan, want hier is ons soos een groot gesin wat net groei en groei . . . Vir jou sal ons die gesprekstrant eenvoudig hou.

"Ek het besef ek moet iemand hierheen laat kom – en toe is dit Alice – om van alles sin te maak." Dit is nie woorde wat vir hom nuut is nie, maar wat hy al lank wag om te sê. "Dit is nie dat my gewete my plá nie, maar sommiges sal nooit begryp waarom hulle verdien wat met hulle gaan gebeur nie, en ek het ook nie die tyd om almal te vertel nie.

"Dit is hoekom ek en Alice hierdie week so hard saamgewerk het. Sy het my verhaal, en daarmee saam die verhaal van Botmasdorp, geboekstaaf. Sondes van die vaders . . . of grootvaders se grootvaders . . .

"Maar met jou sal ek geen gewetenswroegings hê nie," kom hy tot die punt. "Ek het nooit van jóú gehou nie.

"Alice," beduie hy met sy kop, en Alice kom orent en gaan uit. Sy maak nie die voordeur agter haar toe nie, en binne 'n paar oomblikke dring die geluid van yster wat deur grond klief die huis binne.

"Vir jou," knipoog die man vir Ans.

Waar Ans die warm tee op haarself gestort het, is dit nou so koud soos in haar binneste.

Heidi se broer verskyn. Pierre, dit is sy naam, onthou Ans.

Pierre. Die jongman staar voor hom uit, asof onbewus van die mense in die studeerkamer. Hoe kon sy gedink het daar is iets soos liefde tussen die twee mans?

"Pierre, gaan help Alice om die graf te grawe. Maak dit breed, sodat jy ook daarin kan pas." Wanneer die jonger man uit die vertrek is, sê hy: "Hy het na sy sussie kom soek."

Die voordeur slaan toe.

"So, ons is alleen," kom die man tot by die stoel waar Ans vasgekeer sit. En hy druk sy vinger in haar oogkas, om die oogbol met een ruk te verwyder.

HOOFSTUK NEGE

1

Sondagmôre is sinoniem met die gelui van 'n kerkklok. In die somer maak die dag vroeër sy opwagting. Weg is die verlengde skadu's, die donker vraagteken wat die hele nag oor die dorp gehang het.

Voordeure word oopgesluit en leuningstoele tot op die voorstoep gesleep.

Daar is niks nuuts onder die son nie.

Maar op 17 Februarie is alles stil. Die kerkklok, die hoenders, eende, voëls.

Selfs die sonbesies. Waar sou hulle wees? Iewers in 'n sloot of holte, of inham of nis waar hulle skuiling gesoek het teen die strale van die maan?

Vir 'n dowe sal Botmasdorp wees soos op al die dae vantevore – 'n smaakvolle prentjie van landelike harmonie. 'n Skildery in akwatinte.

'n Stil lewe.

2

Waar Anelda haarself tussen die takke van die peperboom versteek het, is sy onsigbaar vanaf die pad, en seer sekerlik vanaf die Moolman-huis.

Nee. Die Botma-huis.

Sy wag al meer as 'n uur, en sy sal die hele dag hier staan as dit nodig sou wees. Die een of ander tyd moet hy die huis verlaat.

En in daardie huis wat agter die bome wegkruip, moet 'n bewys wees van wat die man gedoen het.

Want dat hy die een is wat haar suster vermoor het, daaroor het sy geen twyfel nie.

Tussen die valle van die lower deur kan sy weer die stem van

Marie se buurvrou hoor: "Ek is mevrou Verster. Ek bly langs jou suster. Ek bedoel . . ."

Die man, het sy gesê, is lank en skraal, en dra outydse klere.

Outydse klere? wou tant Ans weet toe sy by haar kom kuier het, en Anelda met iemand moes praat. Sy het haar alles vertel.

'n Hoed en, wat noem jy dit, 'n kleed. 'n Mantel.

En toe, by die basaar, 'n lang, donker man. Met klere uit 'n vergange eeu.

Daar was geen skok toe sy hom gesien het nie. Dit was asof dit so hoort, en dit vanselfsprekend is dat hy vanaf Riviersonderend hierheen sou kom. Daarom is sy nie na Marie se begrafnis nie, het sy besef; sy het vir hom gewag.

"Wat sal hy hier maak?" het Cathy gevra toe sy haar sê sy het die man gesien, en een dag later is haar antwoord nog dieselfde:

Dis wat ek ook wil weet.

Sy kan nie die huis hiervandaan sien nie. Daarvoor is daar, benewens die hoë heining, te veel bome in die tuin: boom op boom op boom, sommige van die stamme so na aan mekaar dat die toppe een word. 'n Ingang na 'n woud.

'n Woud, en 'n wolf.

Maar aan die einde van die sprokie was die meisie die een wat bly leef het.

Nog 'n maar: Sy het 'n houtkapper gehad om haar te red.

Hy moet die een of ander tyd uitkom; geen mens kan die hele dag in daardie donkerte sit nie.

Dit is al ná tien, en die son werp 'n halfhartige grys blik deur die groenigheid wat haar omring. Sy smoor 'n gaap, en ignoreer die versoeking om vir 'n paar oomblikke agter die dik stam te gaan sit.

Iets het in die tuin beweeg.

Sy is onmiddellik wawyd wakker. Sy was nie besig om die huis en tuin dop te hou nie – haar aandag het in die pad afgedwaal. En die beweging was 'n donkerder swart in die groenswart van die tuinwoud.

Die man verskyn in die opelug, presies soos sy hom onthou nadat sy hom slegs vir 'n oomblik by die basaar gesien het. Sy het toe geweet dit moet hy wees – die nuwe inwoner.

Hy begin in die pad afstap, 'n inkopiemandjie in een hand. Dit is in wanverhouding tot die soberheid van sy kleredrag, 'n eksentrieke teenstrydigheid.

Sy wag tot hy 'n ent weg is, dan hardloop sy oor die pad, en is vinnig deur die tuinhekkie, tot onder die bome.

Dit is muf hier.

Die huis se gebreekte ruite is toegeplak, en hier en daar bol klimop teen die vensters, in 'n poging om deur die karton te sien. Op die een hoek is 'n onkruidryke blombedding. Hoe kan iemand hier bly?

Sy beweeg om die huis, op soek na 'n oop venster. 'n Swaai hang aan 'n tak. Kan dit wees dat 'n kind eens op 'n tyd opgewonde daardie swaai gebruik het? En dat daar hoenders was in die hok in die agterplaas, waar een draadmuur nou ingeval het?

Hier aan die huis se agterkant is 'n venster oop.

Sy druk die karton weg.

Dit is maklik om deur te klim. Sy is in die kombuis.

Koud.

Die eienares van die kafee wonder of sy nie maar kan toemaak nie. 'n Paar mense het wat voel soos dae gelede die koerant kom koop, en sedertdien was hier nog niemand weer nie. Agter die afskorting is ook die restaurant verlate.

Dit is een van dáárdie dae.

Maar nou is daar 'n beweging by die deur.

Die nuwe eienaar van die Moolman-huis. Moet wees. Sonder om te groet, beweeg hy mandjie onder die arm tussen die rakke met verbruikersitems in.

Haar voetstappe resoneer op die houtvloer, soos op die deksel van 'n bodemlose put. Gelukkig dra sy nie haar ooptoonsandale nie, want die vloeroppervlakte is smerig, stowwerig. Meubels staan, gereed vir aksie.

Die gang.

Die huis se uitleg is eenvoudig, al vind sy dit verwarrend omdat sy vreemd is hier. By die kombuis is daar 'n agterdeur, 'n deur wat na 'n leë spens lei, en ook 'n deur na die gang. Soos jy by dié deur uitgaan, lei die gang jou na die huis se voorkant. Aan jou linkerkant is 'n oop deur.

'n Sitkamer. Wat sy soek – en wat is dit? . . . – kan moontlik hier wees. Drie verrotte leuningstoele rus rondom 'n mankolieke koffietafel.

Die vrou staan nader, want sy het nog nie met die man kennis gemaak nie. Dit lyk egter nie asof hy dit verwelkom nie, want hy draai weg wanneer sy aankom.

"Sê maar as ek kan help," bied sy aan. Ná nog 'n halwe minuut van daar staan, begin sy aardig voel en gaan sy terug na haar toonbank en die kasregister wat vandag nog so min diens gedoen het.

'n Skoonheidskompetisie sal hý nooit wen nie, dink sy terwyl sy die man onderlangs dophou.

Terug in die gang.

Dit swenk voor effens na links, om te lei na die ingangsportaal en voordeur, waar die donkerte van die tuin die glasinsetsel swart kleur.

Wat sy soek, sal nie daar wees nie.

Op regterhand, 'n studeerkamer. Met stoele waarin niemand sal kan wil sit nie. En by so 'n lessenaar.

Regs agter haar, 'n deur waarby sy eers verbygeloop het.

'n Toe deur.

Sy draai die knop.

'n Deur wat gesluit is.

Sy stamp daarteen.

Die vrou se kop ruk op toe sy iets hoor val, en rol. Die man het sy mandjie laat los, en 'n pak beskuitjies lê op die vloer. Sy hande is teen sy slape gedruk, asof hy 'n verblindende hoofpyn het, of besef het hy het die oond aan vergeet.

Dan kom hy tot verhaal, raap die pak van die grond af op en kom tot by haar.

"Ek is haastig," sê hy.

Sy wens hy is reeds weg.

Die hout van die trapreling is so koud dat dit soos metaal voel. Die trap self kners en kraak soos sy hoër klim; stadig, want netnou gee dit onder haar mee, dat sy val en val.

Maar sy moet eers sien wat hier bo is, voor sy teruggaan na die studeerkamer en die geslote deur. Sy bereik die trap se bopunt.

Hier is nie veel om na te kyk nie. Een na die ander, soos sy deure oopmaak, sien sy daar is niks in die vertrekke behalwe stof nie.

Behalwe die een aan die punt van die gang.

Dit moet sy slaapkamer wees. Maar op só 'n bed . . .

Of nee. Die deken, wat sy in die swak lig as vuil beskou het, is eintlik – as sy goed kyk – 'n ligte goud, wat by die kershouers op die stinkhout-spieëltafel aanklank vind.

Weg, weg is alle beduidenis van stof en vunsigheid.

Onder, met 'n slag wat haar laat wonder hoe die kosyn dit kan hou, slaan die voordeur toe.

3

Die telefoon lui. Iets rys in Cathy se keel: die deurdringende aard van die geluid in die môrestilte versterk die vrees/hoop dat dit Peter kan wees.

Dit is nie hy nie, maar die lyn is so dof dat sy nie kan uitmaak wie dit is wat praat nie. Dit is 'n man se stem, maar meer as dit kan sy aanvanklik nie wys word nie.

Net voor sy wil neersit, kom sy stem duideliker deur.

"Kan u asseblief herhaal wat u gesê het?" vra sy. "Die lyn . . ."

"Ek het jou adres en telefoonnommer in haar boekie gekry."

"Wie s'n?"

"Jy is Cathy Botma?"

"Ja . . . Met wie praat ek?"

"My naam is Anton." Daar is 'n stilte waar die man se van moes gevolg het.

"En in wie se boekie . . ."

"Elaine s'n."

111

"O." Sy gaan sit, want dit is goed om weer van Elaine te hoor, al is dit tweedehands. "Hoe gaan dit met haar?"

"Ek weet nie. Sy is nie hier nie."

"In haar woonstel nie?" Geen wonder sy kon nie 'n antwoord kry toe sy gebel het nie.

"Nee."

"Sy het nie verlof nie?"

"Nee. Ek het jou nommer geskakel omdat ek gemeen het sy is miskien by jou."

Sy wil vra wat Elaine hier sou kom maak, maar dit is nie 'n rare verskynsel vir susters om by mekaar te kuier nie, veral as hulle 'n tweeling is. "Nee," is dus al wat sy sê.

Die man sug. "Dan neem ek aan jy weet ook nie waar sy is nie?"

"Nee."

"Dit is nou al hoe lank sedert enigiemand haar gesien of van haar gehoor het. Ek het die opsigter gevra om haar woonsteldeur oop te sluit. Ek is nou hier. In haar blyplek. Alles is nog hier, klere, tandeborsel, alles. 'n Mens gaan nêrens heen sonder jou tandeborsel nie."

Tensy sy iewers oorslaap, dink Cathy, maar sy wil dit nie vir die man sê nie. Sy weet Elaine hou te alle tye 'n ekstra tandeborsel in haar handsak.

"Haar handsak is hier, haar motor staan nog hier onder geparkeer," gaan Anton voort.

"Die opsigter kon jou nie help nie?"

"Nee. Net sy vrou het gesê . . . Iemand het al na haar kom soek. Op die sewende of agste al."

'n Alarm het in Cathy se kop begin afgaan. Sy is terug by die basaar, met Anelda wat sê: "Toe ek met Marie se buurvrou gepraat het, het sy my gesê hoe die man gelyk het wat by die huis ingegaan het. Ek kan sweer dié een . . ."

Nee. Die gedagte is vergesog.

En net so 'n vergesogte gedagte neem daarnaas plaas, met Aunt Johnny wat sê: "Hier was iemand vir jou." En hy het nie 'n naam gelos nie. En sy het hom nog nie vantevore gesien nie.

"As ek mense soek, kry ek hulle gewoonlik," sê die man. Botma.

Dit voel asof die gehoorbuis swaar word in haar hand. "Het sy dalk gesê hoe die man gelyk het?"

"Ja, noudat jy vra –"

"Dit wás 'n man?"

En die lyn raak dof, 'n gesis in haar oor. Op die agtergrond, die dieper resonansie van Anton se stem: 'n skulp-teen-die-oor effek wat des te meer onduidelik is omdat jy daarop konsentreer.

"– het niemand haar gesien nie," is Anton se stem terug. "Dit lyk nie asof hier iets gebeur het wat nie moes nie, die plek is agtermekaar, net 'n pot met stokou noedels in die kombuis, dis al –"

"Ek is jammer, ek kon nie hoor nie. Wat het die opsigter se vrou gesê?"

En die lyn is dood. Geen onduidelikheid nie, geen gesis nie. Dood.

"Hallo? Hallo?" spotgroet haar stem haar.

Sy lui die sentrale, maar daar is 'n probleem: Durban kan nie bereik word nie.

"Probeer later weer." Die vrou is kortaf, moontlik ontstem deur haar onvermoë om die eenvoudige taak te verrig.

Maar later gaan Anton nie meer by Elaine se woonstel wees nie. Hy is tien teen een getroud, of 'n bekende figuur, en daarom wou hy nie gesê het wat sy van is nie.

Cathy sit nog 'n paar minute by die telefoon en wag dat Anton moet terugbel, maar dit gebeur nie.

Sy moet met iemand praat.

Met Peter. Dit is nog nie 'n volle dag sedert sy hom laas gesien het nie. Sy kan nog nie glo dat sy so vinnig so afhanklik van hom geraak het nie. Waar is haar vermoë om dinge self uit te sorteer heen?

Sy wil nie weer deur die sentrale werk nie, daarom sal sy na die hotel moet gaan. Wou sy hom gebel het – en dat dit makliker is, is net 'n verskoning – omdat dit minder persoonlik is as om hom in lewende lywe te sien? Die analis in haar sê ja, die vrou wat sy graag vir hom sou wou wees sê: Kry jou goed, loop hotel toe.

Sy maak gebruik van 'n ander roete, sodat sy nie voor Botma se huis hoef verby te loop nie.

En die dorp is verblindend in die mooiheid wat sy so lank geneem het om weer te besef. 'n Mens waardeer iets mos eers as jy op die punt staan om dit te verloor.

Sy gaan staan in die middel van die pad. Wie het iets gesê van iets verloor? Sy gaan nie die dorp verloor nie, sy gaan nêrens heen nie.

Maar dié gewaarwording (want dit is te lywig om dit as 'n gedagte te wil afskryf) kom uit dieselfde oord as die sekerheid, die wete dat iets op die dorp fout is, en dat Botma iets daarmee te make het. En dat dit òf kennis is wat van die inwoners weerhou word òf waarvan hulle self wegskram.

Daar is egter genoeg wat sy gesien het dog nie na opgelet het nie, wat nou in haar bewussyn indruis met die klaarheid waarmee die kerkklok gewoonlik gelui het.

Heidi was by die man se huis (nee, daarvan kan sy nie seker wees nie, maar sy het beslis met hom kontak gehad) . . . en sy was nooit weer dieselfde nie. En waar is sy nou?

Sy draai amper in 'n systraat op, om te gaan kyk of Heidi by haar blyplek is, maar dit is belangriker dat sy nou by Peter uitkom. En die lui van die meisie se voordeurklokkie sal tog net wees soos die lui van die telefoon in Elaine se woonstel.

Elaine:

Anelda se suster:

En Alice wat na die man se huis gegaan het, en anders klink oor die telefoon, en sê sy is by haar eie huis. En dit is nie die waarheid nie:

En oor drie dae is sy veronderstel om haar toespraak te lewer, en waar is Paulus Dippenaar, wat haar die opdrag gegee het? Hoekom word hy deur niemand anders gemis nie?

(As ek mense soek, kry ek hulle gewoonlik.)

En nog soveel ander vrae waarop daar nie antwoorde is nie, totdat jy begin vermoed dat die antwoord in elke geval dieselfde is.

Hoe lank staan sy al so in die middel van die pad? Sy begin weer aanstryk in die rigting van die hotel. Sy sal beter voel as sy eers met Peter gepraat het. Die verwydering wat gisteraand tussen hulle ingetree het, moet so gou as moontlik ongedaan gemaak word. Maar sal hy verstaan as sy aan hom probeer verduidelik wat sy vermoed? Want sy verstaan dit self nie – om iets te weet is nie dieselfde as om dit te verstaan nie.

Sy kan egter nie 'n glimlag keer wanneer sy onthou hy is 'n joernalis nie. Natuurlik sal hy geïnteresseerd wees.

Aan die een kant van die pad is huise, aan die ander 'n oop veld. Maar al die veld is nie meer vrolik nie – die geveerde of gepelsde inwonertjies is stiller as begrafnisgangers. Op 'n draad wat lendelam gespan is, is 'n janfiskaal besig om op haar te korrel.

'n Lied help haar onthou hoe die wêreld om haar behoort te lyk: "Ek sien weer die son op die velde en die ewige blou daar bo." Dit is oopgetrek, ja, maar alles is so vaal, so grou. En van ylbloue berge is daar nie sprake nie; wel van son wat in die miste kwyn. Daar is 'n dynserigheid tussen haar en die berge. Die kimduiking is al wat bestaan – alles daaragter het opgelos in die niks. Botmasdorp is nie meer deel van die wêreld nie. Dit is 'n wêreld op sy eie.

Nog 'n paar blokke, en sy is by die hotel. Dit is nie nodig om by die ontvangstoonbank – wat in ieder geval onbeman is – te vra waar Peter se kamer is nie, want wanneer sy die voordeur oopstoot, staan hy voor haar.

"O," sê hy.

Dit is haar beurt om te praat. "Ek het kom vra of jy nie by my middagete wil kom geniet nie." Hoe formeel, kan sy haarself skop.

"Gaan dit ook so 'n bitter sous oorhê soos gister se ete?" vra hy, en die ys is gebreek. Vir die soveelste maal.

Die pad terug na haar huis voel korter, miskien omdat sy dit nie alleen hoef te loop nie. So vreemd, so vreemd . . . dat sy nie haar woorde hoef te weeg voordat sy met hom praat nie. Voordat sy kan dink wat om te sê, het sy dit reeds gesê, en was dit die regte ding.

Hy lewer nie daarop kommentaar dat sy die ompad gekies het nie – die grondpad sonder randsteen, met gras wat nie kan besluit of dit deel van die tuin of pad wil wees nie.

Voor sy kan besluit hoe om die onderwerp aan te roer, het sy hom begin vertel wat sy dink besig is om te gebeur. Die hoekoms weet sy nie, maar die dats . . . Sy is bly dat hy haar nie onderbreek nie, want haar woorde is selfs vir haar eie ore verspot.

"Wat gaan ons daaraan doen?" is al wat hy haar daarna vra.

"Jy dink nie ek is besimpel nie?"

"Ek het al snaakser dinge gelees. En geskryf."

Sy sug verlig. "Nou ja. Ek weet nie."

"As jy so seker is, dan moet ons iets daaromtrent doen."

"Nie vandag nie. Ek is nog nie gereed daarvoor nie. En môre is dit weer werk."

"Môreaand."

"Ja." Die blote gedagte laat haar oor haar skouer kyk. "Môreaand."

"Hier is ons," sê hy en maak die tuinhekkie oop, en glimlag vir die lafheid van haar fantasie, maar eers nadat haar rug gedraai is.

4

Stefanus Vollgraaff het die gordyne toegetrek. Sy tasse staan in die ingangsportaal vir hom en wag.

'n Laaste loer deur die venster om seker te maak dat geeneen van sy gemeentelede in sig is nie. Om soos 'n dief te moet vlug uit hierdie dorp wat hy liefhet . . . maar hy kan die inwoners nie verder lei nie. Want die enigste pad is die pad uit.

Vlug, mense van Benjamin.

Daar is niemand te sien nie. Almal is besig om te eet.

Oop met die voordeur, af in die paadjie en so gou as nou is sy tasse in die motor se kattebak.

Uit Jerusalem uit.

Die enjin vat dadelik. Bome staan weerskante van die pad. Die netjiese lane het tot 'n wirwar ontaard. Hy moet uit terwyl hy nog die pad kan vind.

Dis asof 'n film van sy aankoms destyds agteruit gespeel word. Straat op straat het hy toe dieper die hart van die dorp inbeweeg; nou is daardie hart stil en die enigste geluide dié van die motor en sy asemhaling.

Mevrou Nieuwoudt is in haar tuin en roep na hom, maar die woorde waarmee hy haar wil begroet, is so walglik dat hy dit sluk en wil stik in die fluim.

WELKOM IN BOTMASDORP. Dit, weet hy, staan op die ander kant van die bordjie langs die pad. Aan hierdie kant staan niks.

Uit.

Hy wonder waarheen hy sal gaan, wat sy verduideliking sal wees. Wat van hom gaan word.

Die hoofstraat word 'n veldpad wat nog nooit baie verkeer gehad het nie, en vandag is dit besonder stil. Miskien omdat dit Sondag is.

En die inwoners wil nêrens heen gaan nie. Waarom sou hulle? Alles is hier.

En niemand wil hierheen kom nie. Waarom sou hulle? Botmasdorp is te verafgeleë. Van alles.

Links van hom sjoe 'n windpompwiel hom weg, regs van hom maak 'n wolk die veld 'n yslike swart meer.

Die dorpie word agtergelaat, niks meer nie as 'n beeld in sy truspieëltjie. Die motor baan sy eensame pad tussen plat heuwels, bewaak deur bloekombosse.

Agter hom is dit groen, langs hom 'n modderige skakering daarvan, en hoe verder hy vorder, hoe valer word dit.

Hoe meer wasig.

Die mis.

Dit wag hier buite die dorp, totdat dit benodig word.

Waar het dié gedagte vandaan gekom? En wat beteken dit? Vir 'n oomblik was dit 'n helderte van insig, met daarby die boodskap dat hy moet terugdraai, nóu, maar dan volg die ander, sekerder wete dat hy moet voort.

Die lug is knetterend met die vuur van somer en die smeul van herfs, maar grysheid, die kleur van die koue seisoen, ys dit alles.

Dit moet 'n optiese illusie wees. Hy moet deurdruk.

Die mis is 'n soort blindheid. 'n Membraan oor neus en ore: diefstal van die sinne.

Al gaan ek ook in 'n dal van doodskaduwee.

Want dit word nag.
Die grys word swart.
Hy skakel die motor se ligte aan, maar dit weerkaats in sy oë. Hy kan nie te ver van die afdraaipad wees nie, en dan is dit net nog 'n ent –
Sy kop stamp teen iets wanneer die motor in 'n sloot beland. Sterre.
Twee wiele moet in die lug wees. Dit lei hy af van die helling waarteen die motor tot stilstand gekom het. Sy neus pyn, en sy vingers kom nat daarvandaan weg.
Ek sal geen onheil vrees nie.
Vlug.
Hy het die deur oop, en sy voet sak weg in los grond. Watter kant toe?
Die lug is lykgif waarin hy wil versmoor. Iets klou aan sy hare, en hy slaan daarna, en skeur vel op tak.
Waar sal die rand van die donkerte wees? Sweerlik, as hy ver genoeg stap . . .
Hy gee 'n tree, en sand begin skuif, en hy trek sy voet terug voordat hy in die gat beland. Hoe diep sou dit wees? Die grond het dan altyd so gelyk vertoon van die pad af.
Links? Regs? Die swart is ewe swart in elke rigting.
"Stefan."
Sy vrou se stem, iewers uit die newels.
Of iets wat praat met sy vrou se stem.
Gewoonlik – sy het 'n liefdevolle geaardheid gehad – het sy hom op 'n troetelnaam aangespreek. Bokkie. Hartjie. Skat.
Sy regte naam, een laaste maal.
"Stefan."
Op haar sterfbed.

HOOFSTUK TIEN

I

Bertha du Toit se voorkamer is wat haar seun sou beskryf het as 'n monument vir kitsch.

Daar is 'n lamp waarvan die voetstuk 'n dansende vrou is, met een arm omhoog; dié arm loop uit in 'n gloeilamp – wat nie nou brand nie – binne 'n brokaatskerm. Biddende hande teen die muur. 'n Christusbeeld hou 'n wakende oog oor die vertoonkas met skatte van uiteenlopende aard, soos eetstokkies, diere-eierkelkies en noukeurig versierde Japannese waaiers.

Bertha self sit in die middel van dié glorie. Sy is nie uit pas daarmee nie – haar eenvoudige dog dienlike klere is 'n aanvulling daartoe, en so ook die twee met grys bevlekte vlegsels wat styf om haar kop gebind is.

Aandete het sy reeds genuttig. Sy het ook opgewas, afgedroog en weggepak. Sy was nog altyd trots op haar huis en die netheid daarvan.

Die vroegaand is so geluidloos as die voorafgaande dag. Daar is nie die geluid van die kerkklok wat al so deel is van 'n Sondagaand dat 'n mens jou haas nie die dorp daarsonder kan voorstel nie, net soos dit ook die oggend stil was.

Stil, behalwe die musiek.

Nog al die jare het haar musiek haar gehelp as sy probleme het of neerslagtig voel. En laasgenoemde is dikwels die geval op 'n Sondagaand, as haar eensaamheid begin lag uit die portrette – met goue gekrulde rame – van haar dooie man, en haar seun wat nog lewe, maar net sowel dood kon gewees het.

Haar geloof het haar gered, en dit help om die leemte wat daardie twee mense in haar lewe gelaat het, te vul. Sy glo nie meer in georganiseerde godsdiens nie, want die tyd het haar geleer dat die mense wat in die voorste banke sit, dikwels dié is wat gedurende die week die meeste sonde pleeg, en dit doen sodra hulle die kerkgebou verlaat. En jong dominee Vollgraaff mag goeie bedoelings hê, maar hy is nie bevoeg om 'n dorp, om 'n hele gemeenskap te lei nie. Dit het sy verlede Sondag finaal besef. Die mag van die Bose is sterker as wat enige van hulle kan raai, en sy sal voortgaan om dit te beveg vanuit haar huis, haar vesting.

Sy sit by kerslig en luister na 'n versoekprogram. Die gekombineerde radio en kassetopnemer is die enigste verteenwoordiger van die moderne tegnologie in die voorkamer. Rooi en groen liggies is bakens in die halfdonker.

Die program word op Saterdagaande uitgesaai, en sy het toe wel daarna geluister, maar dit opgeneem om nou terug te speel. Want op 'n Sondag het mooi musiek 'n dieper betekenis, en kan haar twee passies in die privaatheid van haar voorhuis tesame tot hul reg kom.

Panfluit en harp ding met mekaar mee. Sy kan nie sê dat die betrokke werk haar aangryp nie, want sy verkies sangnommers. Dit is asof die stemme tot haar spesifiek spreek, terwyl 'n orkes op die aandag van die wêreld gerig is. Daar is iets aangrypends in die emosie wat in en deur 'n gevoelvolle stem blootgelê word. 'n Mooi stem maak jou deel van die lied.

Met 'n slag van simbale kom die nommer tot 'n einde.

Die omroeper se stem kom oor, en hy herhaal die naam van die nommer wat pas gelewer is. Hy klink asof hy 'n seer keel het, dink Bertha. Sy het dit nie opgemerk toe sy die eerste keer na die program geluister het nie.

Die nommer wat volgende aangekondig word, is vir haar 'n ou bekende: "Che gelida manina" uit Puccini se *La Bohème*. Dit moet met gisteraand se aan die kant makery wees dat sy nie gehoor het dit kom oor nie, want dit is een van haar gunstelinge, veral as dit gesing word deur Beniamino Gigli, soos nou die geval gaan wees. Sy het in een van haar kosbaarste boeke, een met vertalings van opera-arias, ook dié nommer aangetref, en dit bestudeer, ten spyte van haar swak sig en die klein druk. Dit sal wees asof die sanger Afrikaans sing. Vir haar.

Die omroeper se stem: "En ons speel dit spesiaal vir mevrou Bertha du Toit van Botmasdorp."

'n Kers gaan dood.

Die enkele waarskuwende noot doof in, teen haar ruggraat af.

Wie sou dit vir haar aangevra het; Pieter? Nee, hy was so lank laas hier dat hy nie kan weet sy luister na die program nie.

Maar sy kan later daaroor wonder. Vir eers, net die musiek . . .

So 'n koue handjie, laat ek dit vir jou warm maak.

Sy hou haar hande voor haar uit. Selfs die dowwe lig en haar nog dowwer sig kan hulle nie skoon was en die ouderdomsvlekke verwyder nie. Met hierdie hande het sy Pieter se doeke omgeruil. Nou het sy niemand om te vertroetel nie.

Gelukkig is dit 'n maanverligte aand, en die maan is hier naby ons.

Sy maak haar oë toe.

Die stem is besig om harder te word. Nee, dit is net dat hy besig is om nader te kom.

Tot by haar.

Wie is ek? Ek is 'n digter.

Wat doen ek? Ek skryf.

En hoe lewe ek? Ek lewe.

Sy maak haar oë oop, en Pieter staan voor haar.

Hy het na haar gekom, haar seun het na haar gekom! Hoe hy in die huis gekom het, weet sy nie, maar hy is hier en dit is al wat saak maak.

Sy mond gaan oop en toe, sy mond in die gesig wat sy al bang was sy gaan vergeet, of net onthou soos dit in die jonger weergawe op foto's lyk, en dit is daar – sy lippe – waar die klank vandaan kom. Sy is die gehoor; die voorkamer is 'n luidspreker. Bo die klank van viool en tjello en kontrabas hoor sy 'n instrument wat nuut is aan dié stuk – 'n fluit.

As dit kom by drome en visioene en lugkastele, het ek die siel van 'n miljoenêr.

Hy neem haar hand in syne.

Sneeu op die berge.

Nee, hoekom het sy dit gedink, en hoekom het Cathy se gesig vir 'n oomblik voor haar geflits?

Die newels wat al jare lank voor haar oë dans, het gewyk, en Pieter se gesig is helder voor haar, met 'n gloed wat van die kerse afkomstig moet wees.

Dan is die hand waarmee hy hare vashou, nie meer koud nie, maar warm, en teer dog ferm wanneer hy haar uit die stoel orent help.

Hy is langer as wat sy onthou. Kan dit wees dat hy in die laaste paar jaar nog gegroei het? Sy het so 'n groot deel van sy volwassewording misgeloop. Dankie tog hy het gekom voordat dit vir albei te laat was en hulle nooit versoen kon word nie!

Hy lei haar na die voordeur. Sy wil 'n tjalie neem teen die koel luggie wat begin trek het, maar hy moes gedink het dit beteken sy wil nie saamgaan nie, en hy druk haar deur se kant toe.

Dit is so donker soos pik buite.

En koud.

So 'n koue hand.

Maar, haar eie.

Noudat jy alles omtrent my weet, vertel my nou wie jy is, asseblief!

Hy trek die voordeur toe en sluit dit, en hy wys haar in watter rigting om te stap. Iewers agter die geluid van voetstappe: die fluit.

Sy het niks om te sê nie, want hy weet reeds alles. Hy móét weet dat, ten spyte van hul meningsverskille oor die jare wat partymaal in 'n amperse haat tot uitbarsting gekom het, niemand vir hom liewer kan wees as sy nie – daarom is hy nou hier.

Omdat alles wat te sê is, reeds deur hom gesê is, loop sy saam met hom, hand aan hand, en wonder waarheen hy haar neem. Jare gelede het hulle dikwels so gestap, maar toe was sy die een wat geweet het waarheen hulle op pad is.

Die mis is spookasem in die lug, spinnerakke in 'n kelder. Gaslampe spieël hulleself in die grint.

Sy wil vra hoe dit waar kan wees, maar het sy dan nie besluit sy gaan nie vrae vra nie? dat sy daaroor sal wonder . . . eers as die musiek ophou.

En dit het.

"Hier is ons," sê Pieter. Selfs sy stem het verander. Dit is nòg die stem van die seun wat met haar gepraat het in tone georkestreer deur woede, vrees of liefde, nòg die stem waarmee hy nou gesing het. Net vir haar.

Sy moet haar pad versigtig onderdeur die praalboë baan, en met hulle entree verloor sy 'n skoen.

Die konsertsaal slaan haar asem weg. Dit is presies hoe sy dit altyd in haar verbeelding gesien het, en nou het haar seun, haar eniggebore seun, haar hierheen gebring. Die droom is hare.

Hulle is net betyds vir 'n uitvoering. Die deur gaan agter haar toe, en die lig begin uitdoof, eers so stadig dat sy dit kwalik agterkom, dan met 'n geleidelike grystotgroutotswart.

In die oomblik voordat die swart duisternis word, besef sy dat die uitdoof kol-kol moes geskied het, en dat die vermindering van sigbaarheid nie by die doodmaak van lampe in die konsertsaal berus nie.

Dit is die lig in haar oë wat wyk.

2

In die aand lyk die strate baie eenders, maar die kaart in sy kop sal hom nie 'n fout laat maak nie. As daar iets is wat hy soos die lyne in sy handpalm ken, is dit die pad na sy ma se huis.

'n Afdraai na links neem hom verby Havenga se werf, waar die windpomp 'n stil skoenlapper teen die swart wolke is. Die boord waar hy en 'n maat – wat was die outjie se naam, en wat doen hy nou? – vrugte gesteel het. Op een van hierdie klippe het hy sy voet gesny, dat die letsel nou nog 'n halfsirkel oor sy sool gegraveer sit. Het hy op sy beurt 'n vlek op die klip gelaat – hierdie klip is gemerk met Peter du Toit se bloed, tot in ewigheid?

Sulke gedagtes is kwalik werd om gedink te word, maar as jy op jou eie is, en iewers heen op pad, en jy loop, en dit is donker, hoef jy vir niemand rekenskap te gee nie.

Hy het haar nog nie gevra nie, maar as Cathy nie bereid is om na die stad te trek en by hom te gaan bly nie, sal hy hierheen kom, al sal hy uit sy werk moet bedank. Hier sal wel werk wees vir iemand met sy kwalifikasies.

Maar eers is daar 'n paar struikelblokke, en hier gaan hy na die grootste een se huis, om vrede te maak.

Van Zylstraat.

How green was my valley . . . maar nie ná sononder nie. Die straat lyk nuut en anders, al is al die huise waar hy hulle verwag – dog effens kleiner. Dit is een van daardie poetse wat jou herinneringe jou bak; jy het groter geword en beskou dit wat eers vir jou so welbekend was uit 'n nuwe, verhewe hoek.

En hier staan dit, sy ma se huis, net soos hy dit onthou, net effens kleiner. Hy sal nie meer so vinnig deur gange en uit by die voordeur kan hardloop sonder dat elmboë en knieë in die slag bly nie.

Óns huis, het sy gesê.

Hy sal nie op die dorp kan kom woon as daar onmin tussen hom en sy ma is nie. Van versoening weet hy nie so mooi nie; dit is jare te laat. Maar 'n wapenstilstand . . . vrede . . .

'n Hond van die huis langsaan (hy kan nie onthou wat die bure se van is nie) begin verwoed blaf, 'n diere-alarm in die stilte wat eintlik luid is, so stil is dit.

Hy stoot die tuinhekkie oop, en is bly dat dit raas, sodat sy kan weet iemand kom aan, en sy haar kan voorberei, en die klop aan die voordeur nie 'n verrassing is nie, al is dit dan ook hy. Om dieselfde rede is sy treë swaarder as wat nodig is op die geplaveide paadjie.

'n Melodie is hoorbaar voordat hy die voordeur bereik. Een van die vensters is oop; die note vloei daardeur; voëls op 'n winterreis. Hy bly staan om moed bymekaar te skraap.

There lies a world beyond the mountains
There lies a world for me to see,
And I must go beyond the mountains,
And leave the home so dear to me.

Hy klop, en wag:

Al antwoord is die stemme waaruit verlange spruit.

"Ma? Dis ek."

Hy draai aan die deurknop, maar die deur is gesluit. Hy loer deur die sleutelgat, en die blik op die voorkamer is onbelemmer, dus is die sleutel nie in die slot nie. Dit kan tog nie wees dat sy hierdie tyd van die aand gaan stap het nie, alhoewel 'n mens nooit weet met háár nie.

"Ma?"

Hy loer deur die oop venster, en trek die gordyne opsy. Twee of drie kerse brand nog, en een gaan uit as gevolg van die winderigheid wat hy inlaat. Om deur te klim, sal nie die regte ding wees om te doen nie, en ook nie om die voordeurslot oop te breek nie.

Hy loop agter om die huis, waar 'n sinkbad hom amper pootjie, en 'n suurlemoenboom se takke na sy hare gryp.

Aan die ander kant om terug, voor hy hom dalk vrek val oor iets. Die voorstoep. Die voordeur.

Die musiek uit die voorkamer.

And so farewell, oh, friendly mountains,
The time has come for me to roam.
And e'er I go beyond the mountains,
I know my heart will long for home.

Hy klop 'n laaste maal.

"Ma, dis ek. Pieter."

Haar huis is stil.

Hy gaan.

Oor die maan, 'n katarak.

HOOFSTUK ELF

I

Die biblioteek is toe onder glas.

Is daar 'n wêreld agter daardie toe swaaideur? Of word daar bloot net verantwoording gedoen aan wat die katalogus voorskryf:

Boekmagasyne met boeke, tydskrifte, pamflette en tesisse, 'n afdeling met algemene naslaanwerke, 'n kaartkatalogus, meer spesifieke naslaanwerke, studiemateriaal . . .

Twee mense.

Alice sit waar sy gewoonlik sit, maar dit is al omtrent haar wat bekend voorkom. Cathy het al dikwels gedink die vrou se bewegings is robot-agtig, haar brein meganies en haar emosies sinteties. Maar nou . . .

"Hoe lyk dit met koffie, Alice?" vra sy gemaak opgewek, en verwonder haar oor hoe dikwels sy deesdae moet drinkgoed verskaf aan mense wat nie hulself is nie.

Geen antwoord.

"Of tee?"

Alice gee 'n glimlag wat nie sin maak nie. "As jy wil."

Dit bied haar 'n verskoning om van die vrou se teenwoordigheid te ontsnap. Sy sorg dat die een koppie – sy wil nie self hê nie – se maak net so lank neem as 'n hele groep s'n.

Dit gaan al die hele dag so, 'n dag wat nuwe betekenis gee aan die term "Blou Maandag". Alice het met oopmaaktyd opgedaag, nie 'n minuut voor en nie 'n minuut ná nege nie. Sy het haar stoel uitgetrek en gaan sit. En bly sit. Die hele dag.

Die telefoon het nie een maal gelui nie.

Niemand het die swaaideur oopgestoot nie.

Die biblioteek is toe onder ys.

En die Maandag gaan steeds blouer word. Want oor 'n uur kan die biblioteek gesluit word, en kan Cathy huis toe gaan, en daar op Peter wag, en dan . . .

Sy weet nie of sy nog kans sien om na die man se huis te gaan nie.

Die warmte van die koppie in haar hand herinner haar dat sy die tee vir Alice moet neem.

"Dankie," sê Alice, en dit kon net sowel Heidi gewees het wat dit sê. Sy neem die koppie en wil dit op die toonbank neersit, maar die telefoon is in die pad, en tee spat, maar nie baie nie.

"Laat ek," sê Cathy, en vee droog.

"Jammer."

Cathy gee die telefoon 'n laaste vee. Dit is 'n nuttelose instrument, 'n dooie verbindingslyn. Sy het Elaine vroeër probeer skakel (dit het kwalik gelyk asof Alice haar sou keer), maar kon nie deurkom nie. Geen lyn na Durban nie.

En Paulus Dippenaar antwoord nie.

Anelda ook nie.

Sy veg teen die begeerte om so ver van Alice weg te kom as wat sy kan, en trek 'n stoel tot by die toonbank, om oorkant haar te gaan sit. Maar nadat sy dit eers gedoen het, voel sy soos 'n kind wat stout was en in die hoek moet gaan sit en in die mure vaskyk.

Sy sal een laaste maal probeer. Toe sy vroeg die oggend al die vraag gestel het, het sy geen antwoord gekry nie.

"Alice, is iets verkeerd?"

Geen antwoord nie, en dit is wat die vraag verdien, want dit is oorbodig en sy ís 'n stout kind deur dit te wil vra.

"As ek kan help . . ."

Sy is hierdie keer bly dat Alice stilbly, want as sy sou antwoord, sou sy sê daar is niks wat Cathy kan doen om te help nie.

Sy moet haar kop skud, asof dié beweging die gedagte tot in haar volledig helder bewussyn sal dwing. Van wie het sy dit gekry? Want dit is nie 'n insig waartoe sy self . . .

So ook nie die teëstelling nie:

Jy kan.

Het haar brein 'n vergaarbak geword vir ander se boodskappe, 'n soort teelaarde? Nee, skud sy weer haar kop, maar hierdie keer in ontkenning, sy het te veel tyd in Alice se geselskap deurgebring.

En hoeveel beroering het sy nie al deurgemaak nie, net om

haarself te oortuig dat sy vir haarself kan dink? Al haar gedagtes is háre, anders wil sy hulle nie hê nie.

Sy stoot haar stoel terug, weg van Alice af.

"Sal jy omgee as ons vroeër toemaak?"

2

Op pad van haar huis na die man s'n het Cathy en Peter nie veel vir mekaar te sê nie.

Dit was haar voorstel dat hulle daarheen moet gaan, en sy kan nie nou kop uittrek nie. Veral nie nadat sy Peter ook oortuig het van die gevaar wat die man vir die dorp inhou nie. Dit is tyd dat iemand iets aan die saak doen, en is sy dan al een wat weet dat daar iets aan 't gebeur is?

Wie is die man en waar kom hy vandaan? Sy besef nou eers dat, ten spyte van die ingebore nuuskierigheid waarvoor klein dorpies en veral hierdie een bekend is, niemand iets van die man met dieselfde van as sy weet nie. Soos sy ouderdom en wat hy hier kom maak.

Veral wat hy hier kom maak.

En hoekom.

En hoekom het niemand hom ooit gaan besoek en daarna uitgevra nie? Dit is tog standaardpraktyk om enige nuwe aankomeling te verwelkom, al is dit net een of twee lede van die dorp wat dit doen. En sover sy weet . . . Hoekom het niemand gevoel hulle behoort dit te doen nie?

Sy wat Cathy is, kon dit nie doen nie, want dit is nie in haar aard om by vreemdes se huise aan te klop nie.

Het al die Botmasdorpers die een of ander verskoning gehad om nie na die man se huis te gaan nie?

Daar voor is die ruie tuin waardeur die pad se flou lamplig nie tot by die huis kan dring nie, en sy wens – noudat die oomblik dat sy moet ingaan so vinnig nader kom – dat die pad langer was, die afstand tussen haar huis en syne groter.

Peter se tred oor klippertjies en harde grond breek weg van hare. Hy het gaan staan.

"Ek wag eers hier," sê hy. "Tot jy binne is."

Dit is hoe hulle afgespreek het: sy nader die huis van voor om die man se aandag af te lei, en Peter gaan dit van agter binne. Terwyl sy en die man gesels, kan Peter die huis deursoek.

Sy dink steeds aan die man as *die man*. Of as die persoon wat die Moolman-huis gekoop het. Want al het sy nooit die Moolmans geken nie, is dit gerusstellend om te weet dat ander mense op die dorp hulle wel geken het, asook waarvandaan hulle gekom het, en wat hulle hier kom doen het, en hoekom. Al het die man nou 'n van, wil sy nie hê dat dié van wat sy met hom deel, deel moet wees van hoe sy hom sien nie, want dit laat haar vuil en skuldig voel, asof sy onbewustelik medepligtig is aan sy dade.

Dit is die gevoel wat haar vanaand hierheen gedryf het. Sy wou eers nie kom nie. Sy wou haarself in haar huis toesluit ('n huis van strooi, of takkies, of baksteen?) en daar bly tot die son agter die berge uitkom. Die geluid van Peter se motor wat buite stilhou, het egter bevestig dat die tyd om op te tree aangebreek het.

Sy maak die tuinhekkie oop – dit protesteer, soos sy moes verwag het, en sy skrik – en los dit oop om Peter se onthalwe.

Onderdeur die bome wat die huis bewaak.

Tot by die voordeur.

'n Sluk. Sy klop.

'n Lig brand in die voorportaal. Die glas is 'n kerkvenster. 'n Figuur verskyn daarbinne.

Die kop en skouers wil nie stol in die getinte glaspaneel nie – die swart van die klere meng met die wit van vel, beweeg soos 'n vrot tamatie wat in 'n vuis gepers word. Net voor dit moet ontplof, gaan die deur oop, en die gelaatstrekke is op hul aangewese plekke.

"A," sê die man. "Ons ontmoet weer."

Die tuinhekkie is oop, soos Cathy dit gelaat het.

Peter het lank genoeg gewag vir haar om reeds in die huis te wees. Nou is dit sy beurt om toegang daartoe te verkry, op watter manier ook al.

Die bome is 'n welkome beskutting, al is die nag so donker dat hy nie vanaf die huis opgemerk sou word nie, al het hy oop en bloot aangestap gekom.

En eintlik is daar geen rede om weg te kruip nie.

Dat daar waarheid kan steek in wat Cathy vermoed . . . dit is tog onmoontlik. Daardie vermoedens – vaag en half geformuleer soos hulle mag wees – strook nie met die gevorderdheid van die moderne eeu nie. Hy is wel grootgemaak volgens die ou waardes en norme, maar weet teen hierdie tyd van beter. Dit is tog 'n rekenaar-eeu waarin mense en hul emosies al hoe onbelangriker raak.

As hy Cathy verloor, sal sy lewe wel voortgaan.

En hy hoop dat hierdie verbeeldingsvlug van haar ná vanaand op 'n einde sal wees. As sy klaar met die man gepraat het, en besef hy is net 'n mens soos sy . . . En as hy wat Peter is klaar deur die huis is en niks gekry het nie . . .

Maar kry hy wel iets, is dit ook goed. Daar het al uit baie onverwagte oorde lekker *scoops* gekom.

'n Ent van hom lê 'n vroueskoen, wat hy nie raaksien nie.

Daar is 'n gekras van takkies soos hy om die huis beweeg. Dat die huis hoegenaamd nog staan, is 'n wonder. Al die vensters is van binne toegeplak, en hy sal nie daar kan inkom nie. Dit sal deur die agterdeur moet wees.

Die toneelinkleding is dié van 'n tipies verwaarloosde agterplaas. Blomplante en onkruid het tot 'n vergelyk gekom in hul gebruik van die beskikbare grondoppervlakte. Hy kan dit nie sien nie, maar dit is daar, om sy voete.

Die kombuisdeur.

Hy vis die draad uit sy sak wat hy vir die geleentheid saamgebring het. Die een punt is gerond en die ander in die vorm van 'n L gebuig. Dit is 'n eenvoudige dog doeltreffende instrument wat vir hom soms in sy loopbaan van nut is. En nog voor dit ook, in die dae toe sy ma rede gehad het om vir hom te preek. Dit is nie die eerste huis waar hy inbreek nie.

Selfs in die donker is dit nie 'n moeilike taak nie. Soos hy verwag het, is die slot verroes en/of vuil, met 'n stywe veer.

Hy druk die draad stadig maar ferm in die gleuf, en voel vir versperrings tot dit die bodem raak, dan draai hy dit geleidelik tot hy voel hoe sy instrument in die keep van die sluitbout pas. Konstante druk op die harpbout. Spanning op dele van die sluitmeganisme, terwyl ander dele gemanipuleer word.

En siedaar, Sesame swaai –

Hy keer dat die deur nie kraak nie deur dit geleidelik oop te stoot, en wag dan tot hy geskilferde verf in die duister kan uitmaak.

Dieper die huis in klink stemme op.

"Ek is baie beïndruk," sê Cathy, en beduie om haar na die vertrek en alles wat daarin is.

Die man pas egter nie hier nie. Die fluweel van die meubels en smaakvolle afwerking van die omringende objekte word geskend deur die onegaligheid van sy vel. 'n Kind het met 'n grys vetkryt 'n begraafplaas in die maanlig probeer teken, en dit is die man se gesig.

"'n Mens probeer jou bes," sê hy.

En sy oog. Sy hoed is af, en die oog is oop en bloot vir haar om te sien, en om haar te sien. Kán dit sien? want die hele bol is die kleur van die hemel op 'n helder somersdag.

"Toe het ek gedink die mense sal graag omtrent u wil lees," gee sy die kwansuise rede vir haar besoek, terwyl sy 'n sluk neem van die rooibostee wat die man vir haar geskink het, al wou sy nie hê nie. Hy het dit reeds gemaak, het hy gesê. En so gesond, mens kan skaars glo dit het in bossies gegroei.

"Wie sal van my wil weet?" sê-vra hy nou, terwyl hy nog 'n beskuitjie uit die pak neem. "Kry vir jou."

En sy, gewapen met potlood en notaboekie, verstom haarself deur te antwoord: "U sal verbaas wees." Dan met 'n frons, asof sy skielik aan die vraag gedink het: "Waar kom u vandaan?"

"Van hier af," betrag hy haar deur een kraal, een pêrel.

Sy kan die verligting in haar stem hoor: "Die dorp?" Die man is nie meer sonder verlede nie. Hy word mens. "Dan is hier mense wat u ken?"

"Nie meer nie, nee."

"Is Botmasdorp nog soos u dit onthou?" blaai sy om in haar notaboekie.

Die mufreuk van die kombuis is in ooreenstemming met die bederf wat die sinne laat duisel. Spinnerakke tas na hom terwyl hy verbybeweeg.

Voor Peter strek die breë gang. Ver voor hom lei 'n hoek na waar die voordeur moet wees. Nader aan hom, twee toe deure regoor mekaar, en verder aan 'n deur wat oop is. Lig vloei tot in die gang, en daarmee saam kom die stemme.

Hy beweeg so stadig in die gang af dat dit voel asof hy geen vordering maak nie. Maar eerder dit as 'n knars onder sy voet. In hierdie stil huis sal dit klink na 'n duisend sirenes.

"– en dit voel nou . . . kleiner –" hoor hy die man sê. Cathy moet hom net aan die praat hou.

Miskien moet hy terugdraai en eers gaan kyk hoe die boonste verdieping lyk. Hy kyk om, maar die trap se voetenent lê om die draai.

As hy ooit 'n artikel oor spookhuise moet skryf, sal hy weet waar om te begin.

'n Plank kraak onder hom, en hy trek sy asem in.

Maar die gesels in wat hy aanneem die sitkamer moet wees, gaan voort.

Nee, dit is seker 'n studeerkamer, want die deur op sy linkerhand ontbloot 'n sitkamer, of wat as 'n sitkamer beskryf sou kon word as dit beter versorg was. Die lyke van meubels waak oor die verval, sodat die moderne eeu nie hier toegang kan vind nie.

Niks hier nie. Daarvan is hy seker.

*Dood*seker, kom die kriptiese gedagte, maar hy voel nie lus om vir die gepastheid daarvan te lag nie. Hy kan hom nie voorstel dat enigiemand al ooit in hierdie huis gevoel het na lag nie.

Of tog. Die man se droë lag kom na hom aangesweef wanneer hy terug is in die gang, die sitkamerdeur weer versigtig toegetrek; die lag is 'n spinneweb wat deur 'n bries versteur word.

Hy kan nie uitmaak wat die man sê nie, al sou hy ook reg langs die oop studeerkamerdeur gaan staan, maar hy het nie sulke planne nie.

Nog net die een deur, die een op regterhand voor jy die studeerkamer kry, dan kan hy gaan kyk wat bo aangaan.

"– alles omtrent my –" sê die man, of dit kan ook iets anders wees wat hy gesê het.

Die deur is toe, bot. Die knop is dof.

Hy het geweet die deur sal gesluit wees.

Nietemin draai hy die knop.

"Maar genoeg van my," sê die man. "Kom ons praat oor jou," lag hy.

"Wat van my?" vra Cathy. Haar blik is gevestig op die man se hand wat die teekoppie vashou. Sodat sy hom net nie in die oë hoef te kyk nie. Sy linkerhand. Die vingers, dor soos bas.

"Noudat jy alles omtrent my weet . . ."

"Kwalik alles," wankel haar glimlag.

Maar hy het belang verloor. Hy het 'n hand tot teen sy slaap gebring, soos een wat 'n steekpyn gekry het, en sy kop is na links gedraai, na die oop deur.

Dit voel vir Cathy of haar keel toetrek.

Die man hervestig sy aandag op haar, asof hy haar die eerste maal sien, en glimlag.

Die trap is baie lank, so voet vir voet beklim in die lig van 'n flits.

Stof klou besitlik aan die trapreling.

Dit sal 'n mors van tyd wees as dit hom so lank neem om sonder geluid na bo te beweeg, en dan is al die deure gesluit, soos die een in die onderste gang. Hy vee die hand wat aan die deurknop gevat het aan sy broek af.

Dit het gevoel of hy 'n ferm handdruk terugkry.

Halfpad met die trap op, gee dit 'n kraak, soos maar in ou huise gebeur. Hy staan 'n ruk stil, beweeg dan voort.

Die gang hierbo het deure aan weerskante, vertakkings van 'n hoofweg.

Die eerste een is gesluit.

So ook die tweede.

Hy het nie die tyd om hulle een vir een oop te kry nie.

Miskien is dit beter so. Hy is uitgekuier in hierdie huis waar g'n mens kan tuis voel nie, wat nog te sê hier woon. Hoe gouer hy hier klaarkry, hoe beter. Cathy kan ook nie die man vir ewig aan die praat hou nie.

Nog twee deure – gesluit.

Die laaste een swaai gehoorsaam oop.

Hier is die geur wat deur die ganse huis vloei dikker as sop. 'n Gloeilamp hang aan 'n koord, maar hy durf dit nie aanskakel nie; wat as die ligte onder skielik swakker sou brand?

Hy haal sy hand voor sy flits se gesig weg, dat die ligoog hom 'n blik op die vertrek gee.

'n Slaapkamer.

Bed met vuil deken. Spieëltafel. Hangkas.

Die spieëltafel se laai trek so maklik uit dat die inhoud byna oor die vloer gestrooi word.

Rommel . . . garingtolletjies, borduurskêr, laslappies. Seker van die vorige bewoners se goed.

Die hangkas is 'n ander saak.

Die een helfte is vir klere. Dis bykans leeg.

Die ander helfte is in rakke verdeel.

Slegs een rak bevat 'n item: 'n konsertinalêer.

Hy plaas dit op die vloer, om beter te kan sien.

Cathy was tog reg. Iets is hier aan die gang. Want –

Slegs die eerste drie afskortings is gebruik.

Die eerste daarvan is so vol dat dit bult. Een vir een haal hy die gevoude kartonne uit. Elk bevat inligting.

En elk het 'n naam. Regs bo.

Stefanus Vollgraaff. Barend Jakobus du Preez. Marie Elana (Ferreira) Avenant. Anelda Louisa Ferreira. Susanna de Jager. Pierre Cobus Jansen. Heidi Jansen. Paulus Dippenaar. Magriet Suretha du Preez.

En elke naam is netjies deurgehaal met swart ink.

Die tweede afskorting het veel minder in.

Alice Spencer. Elaine Botma. Bertha du Toit.

Hy frons voordat hy ook dié omslae in hulle gleuf terugplaas.

Die enigste ander afskorting in gebruik, die derde, en vanweë die uitgerektheid daarvan skynbaar eers die volste . . .

. . . is nou die leegste.

Hy wil nies van die stof wat van die vloer af walm, maar durf nie.

Hy trek die gevoude karton uit, en sy flits omsirkel die naam: CATHARINA BOTMA.

"Sal jy my 'n oomblik verskoon?" vra die man, en wag nie op 'n antwoord nie. Hy is uit by die deur, en byna onmiddellik hoor sy hom 'n sleutel in die slot van 'n ander deur steek.

Sy sluk aan die knop in haar keel met die laaste bietjie tee. Waar sal Peter nou wees? Seker darem nie in die kamer waar die man nou ingegaan het nie, want dit was mos gesluit.

Sy staan op, want die fluweelstof van die stoel is net té glad, té sag, en gaan na die boekrak.

Niks spesiaals hier nie. Die tipe boeke wat jy dikwels in ou huise aantref. Poe. Totius. A.G. Visser. Dickens.

Asook 'n pamflet wat Botmasdorp se honderdjarige bestaan aankondig. Die pamflette is die hele dorp vol.

Dié een is effens anders.

Onderaan is gegraveer: *1891 1891 1891 1891 1891 1891 1891 1891*.

Die vertrek is soos die man dit gelaat het die laaste keer toe hy die deur agter hom toegetrek en dit gesluit het.

Ysswart. Pikkoud.

Van die twee figure wat op die beddens lê, gaan hy na die verste. Die swiep van sy mantel is 'n nagwind om 'n hoek – die dekenfraiiings bewe, die karton voor die venster fladder.

Bo die rustende figuur talm hy, mymer by homself en buk dan om die hand vas te vat wat so koud is soos sy eie.

Hy glimlag, maar dit gaan verlore in die donker.

Iets roer onder die ooglede. Die winterslaap val weg. Die ys breek.

"Talita," sê hy, en lag vir sy eie grap, "koem."

Dit is 'n brief vanaf 'n kinderkliniek wat in die karton gehou word.

Bo-aan is 'n nommer en 'n datum, en dan: VERSLAG: CATHARINA (CATHY) BOTMA (ST. 3).

Die lettertjies is fyn en opmekaar en vaag, en sy flits roep hulle uit 'n vervloë tyd op.

AANPASSING

Cathy is geneig om baie sku te wees wanneer sy gevra word om 'n vraag te beantwoord. Sy hou ook nie daarvan om voor die ander leerlinge op te tree of mondeling te praat nie. Dit is asof sy senuwee-agtig en ongemaklik raak wanneer die leerlinge al hulle aandag op haar toespits. Sy is wel 'n baie aangename leerling in die klas ten spyte van bogenoemde faktore.

Peter voel skuldig so in die lees; dit is so goed as om 'n meisie deur haar slaapkamervenster af te loer. Maar die insig is verbode vrugte, en hoe meer hy inneem . . .

SAMEWERKING IN 'N GROEP

Cathy is onwillig om in 'n groep sekere opdragte uit te voer. Sy distansieer haar van die groep en gee geen samewerking nie.

Aan dié eerste bladsy is 'n volgende geheg:

DEPARTEMENT KINDERPSIGIATRIE

Eet en slaap swak. Sosialiseer net met tweelingsuster. Dit is amper onmoontlik om een van die tweeling te bespreek sonder om die ander by te haal. Hulle is afhanklik van mekaar en het tot 'n baie laat stadium 'n eie (brabbel)taal gehad.

Beide toon gedragstoornisse in die skool, met Elaine s'n meer uitgesproke, naamlik aandagsoekend, swak konsentrasie, onseker, vra gedurig herversekering. Slaap- en eetpatroon het nou verbeter.

Elaine se optrede in haar sussie se teenwoordigheid was dominant, aandagsoekend en sy het openlik verkleinerende aanmerkings gemaak.

Kortliks kan dan hier van Cathy gesê word dat ons te doen het met 'n kind met 'n gedragstoornis sekondêr, perseptuele stoornis moontlik, intellektueel bogemiddeld, minimale breindisfunksie en psigososiaal-gebrekkige ouerkontrole-ervarings. Hanteringsprobleem?

Toon 'n behoefte aan haar suster se teenwoordigheid en aanvaar haar dominansie op 'n passiewe wyse.

En daarmee het Peter amper klaar gelees.

ALGEMEEN

Kinkhoes op sewe weke en herhaalde bors- en middeloorinfeksies. Daar is 'n diagnose van 'n immuungebrek gemaak en hulle het her-

haalde inspuitings van gammaglobulien gekry tot hulle vier jaar oud was. Dit het hulle 'n permanente vrees vir hospitale en dokters gegee.

Dié verslag is nie die enigste in die kartonhouer nie, maar Peter besef hy moet nie verder lees nie. Dan sal hy haar te goed ken. Deel van haar aantrekkingskrag is juis haar onbereikbaarheid – onverstaanbaarheid? – en om nou, nadat hy so min van haar geweet het, op so iets af te kom . . .

Waar kom die man aan die verslag? En aan die vele brokkies inligting omtrent die ander mense se private lewens? En hoekom het hy dit versamel?

Hy dink aan wat Cathy vir hom probeer sê het. Haar vermoede dat die man hierheen gekom het om iets te doen.

En hoekom al die deurgehaalde name?

Hy kan nie langer in die slaapkamer bly nie; die aand kry baard. Die kartonomslag gly maklik in die gleuf terug.

Sy vingers raak aan iets.

Nog 'n omslag, wat hy eers nie opgemerk het nie.

Sy eie.

Eers toe die man keel skoonmaak, besef Cathy hy is terug. Sy is steeds by die boekrak.

Die deur wat hy oopgesluit het, het hy nie weer toegemaak nie. Sy sou gehoor het.

Hoe lank nog voor sy kan gaan, voor sy seker kan wees Peter is veilig uit die huis? Sy het niks meer om vir die man te sê nie.

Sy het 'n fout gemaak om hom in die gesig te kyk, en kyk weg, na haar stoel, waarop sy dan gaan sit. Al is hy buite haar sig, is hy steeds voor haar geestesoog, sy gesig ongevormd, soos klei, soos kaas.

Die man in die maan.

"Nou ja," sê hy. "Waar was ons?"

PIETER DU TOIT.

Die eerste helfte van die inligting lees soos 'n dossier – 'n lys van sy oortredings, ofte wel dinge wat hy in sy jeugjare verkeerd gedoen het.

Hier is detail waarvan hy al vergeet het. Verslae wat dieselfde vorm het as dié van Cathy s'n, maar aansienlik van inhoud verskil. Progressief erger wandade: vrugte steel, lekkers steel, 'n motor vir die aand "leen". Die getikte letters staan verdoemend en trots waar sy flits hulle belig.

Hy vloek sonder om 'n geluid te maak. Word sulke dinge dan altyd teen jou gehou? Here, hy was 'n kind!

Nou is dit meer as net 'n moontlike storie. Hierdie hele besigheid is nou iets persoonliks.

Iets tussen hom en die man.

Hier op die papiere in sy hand is al die dade waarvan hy wou wegkom, waarvan hy gedink het niemand meer kennis dra nie.

Behalwe hy en sy ma.

Bertha du Toit met die bekommerde uitdrukking op haar gesig. Wat nie skroom om die roede te gebruik nie, want die kwaad moet op die een of ander manier uit die kind uit.

Maar sy het meer van hom verwag as waartoe hy in staat was. Hy moet dit nie uit die oog verloor nie, en homself te na kom nie.

'n Plank kraak, in die gang.

En weer, soos massa verplaas word.

Hy skakel die flits af, en vind met sy vingers die plek waar hy die getuienis teen hom in die lêer moet terugplaas. Op sy tone beweeg hy na die kas. Die lêer is terug op sy plek.

Hoekom het hy nie die deur agter hom toegemaak nie? want die man sal nou weet in watter kamer hy is.

Tog, hulle is in byna dieselfde situasie. Hy mag nie in die man se huis wees nie, maar het die man nie ook sý privaatheid geskend nie?

Tog, hy gaan staan agter die deur.

'n Gekraak, nou nader. 'n Geskuifel, asof die persoon gestrompel het.

Die flits gly amper uit sy natgeswete palm. Hy toets die gewig daarvan in sy ander hand. 'n Hou teen die kop, en teen die tyd dat die man bykom ... is hy ver weg. Maar waar is Cathy nou?

Voetstappe buite die deur.

Daar word aan die deur gestoot, en dit swaai tot amper teen sy gesig. Die figuur beweeg voet vir voet verby, die kamer binne. Peter lig die flits bo sy kop.

Die maanlig vind 'n pad deur die gekartonde venster, met as bestemming die vrou se gesig.

Peter laat die flits sak. "Ma?"

Sy hou haar hande na hom uit.

HOOFSTUK TWAALF

I

Oorkant die pad staan 'n peperboom, en dit is daar, tussen sy hangende takke, dat Cathy vir Peter wag.

Hy moes teen hierdie tyd al hier gewees het.

Sy het die man besig gehou so lank as sy kon, maar op die ou einde was sy al een wat gepraat het, en het hy net na haar sit en luister met 'n innemende glimlag. Soms het hy geknik nog voor sy 'n sin voltooi het.

Sy het gegaan om meer omtrent hom uit te vind, en vertel toe meer omtrent haarself.

Waar bly Peter? Is hy darem al buite die huis, en deur die tuin op pad terug?

Of is hy dalk in een van die kamers vasgekeer, met die man net langsaan? Sy wil eerder nie aan die moontlikheid dink nie.

Dit is koelerig, want daar het 'n bries opgekom.

Die maan sink agter 'n wolk.

Sy het niks om te wys vir die aand se moeite nie. Die man het wel gesê dat hy vroeër op die dorp gewoon het. Dit is die tipe inligting waarna sy op soek was. Hoekom het sy dit nie opgevolg deur te vra waar en wanneer nie? Dit is tog logiese vrae, maar op daardie oomblik het sy nie daaraan gedink nie. Daar was belangriker dinge, soos om haar lewensverhaal uit te lap.

Sy kan nie eens onthou wat sy alles gesê het nie.

En die hele tyd: daardie oog wat deur jou kyk, tot op die been. Sodat sy meer en meer vertel het, net om hom te laat wegkyk, en hy, natuurlik, het juis nié.

Sy moet aan iets anders dink as wat dalk met Peter in daardie huis kan gebeur. Dit is nou nie die eerste keer nie dat sy haar verbeel sy sien hom tussen die bome verskyn, en elke keer hou sy op asemhaal, en elke keer is daar niks.

Die maan loer nou en dan van agter haar sluier, en dan word dit weer dig getrek.

Iewers in haar soektog na woorde deur 'n wavrag boeke, het sy op die teorie afgekom dat die aarde miljoene jare lank 'n sfeer was, 'n stuk warm materie wat teen 'n hoë spoed getol het. Toe raak dit platter, en breër in die middel. Daarna, peervormig, totdat die spoed waarteen dit gewentel het 'n steel veroorsaak het, wat afgebreek het om self 'n sfeer te vorm. En daar het jy die maan.

En daarom die verband tussen aarde en maan; 'n ewebeeld wat in die hemele hang. Want as die maan se aantrekkingskrag storms en stiltes en getye en deinings op die oseane kan reguleer . . .

Daarom is iemand maansiek.

Daarom is hy met die maan gepla.

Wanneer sy om haar kyk, na die normaalweg bekende wêreld wat nou deur die lower van die peperboom in repe gekerf is, is dit maklik om haar te verbeel sy is in een van daardie diepste maanvalleie.

En sy sou eerder sonder atmosfeer wou klaarkom, as dié soort wat sy 'n halfuur gelede in die man se huis ervaar het.

Kan dit so 'n kort rukkie wees sedert sy in sy studeerkamer na haar horlosie gekyk en hardop gewonder het waar die tyd heen gaan?

"Tyd vir meisies om bed toe te gaan."

Daarmee kon sy saamstem, want haar senuwees was aan flarde, haar gehoor verdeel tussen hulle gesprek en enige ander geluid wat die huis oplewer.

Sy was bly die koppie was leeg en uit haar hande toe sy iets op die boonste vloer hoor val, en rol.

Maar die man het voor hom bly staar, na haar, en sy het al hoe meer gepraat, al hoe harder.

Sy voel leeg, ontbloot.

Miskien moet sy gaan hulp ontbied, want wat as sy net hier bly staan, en Peter kom nooit weer uit nie? En die man sê hy weet niks van so 'n persoon nie?

Dan – en dit is nie hierdie keer haar verbeelding nie, want die maan spieël haar 'n oomblik lank in haar tweelingaarde – is daar 'n beweging in die tuin.

Uit die donkerte van die bome verskyn 'n grys figuur.

Sy is eers nie seker dis Peter nie, want die donker stroop die gedaante van identiteit. Dit kan enigiemand wees wat tussen die laaste bome uitkom en die tuinhekkie so hard toetrek dat sy 'n tree agteruit gee en die slap vingers van die peperboom in haar nek voel.

En nou kom hy na haar aangestap, en natuurlik is dit Peter.

"Hoe het dit gegaan? Hoekom het jy so lank gevat?" fluister sy, al sou die man haar nie vanaf die huis kon hoor as sy gewoonweg praat nie.

"Kom," sê hy.

"Het jy –"

"Kom, sê ek."

Sy hou nie van die manier waarop hy met haar praat nie. Al moes hy gespanne gewees het, was sy ook, en dit is geen verskoning om te klink soos die tipiese oerman nie. Huis toe is egter waarheen sy nou wil gaan en waarheen hy op pad is, en daarom volg sy.

"Het jy iets gekry?" vra sy.

"–"

Dit is oorduidelik dat hy nie lus is vir praat nie, en sy kan hom seker ook nie kwalik neem nie. Het sy nie ook in die laaste tyd – die hele tyd! – haar buie gehad nie?

Of kan dit wees dat hy op iets in die huis afgekom het wat hom so ontstel het dat hy dit nie met haar wil deel nie? Maar is dit dan nie juis waarop sy hul verhouding wou bou nie – wedersydse vertroue en mededeelsaamheid?

En nou . . . al wat hulle deel, is die pad na haar huis.

Sy draai haar kop om na Peter te kyk. Hy kyk nie na haar nie, maar stip voor hom, sodat sy voet swik wanneer hy op 'n klip trap en dit wegrol.

Sy moet besluit: nee.

Nie soos hy nou is nie, voeg sy by.

Maar hoe weet sy hy is nie dikwels so nie? Of meestal, as hulle sou besluit . . .

Hulle is by haar huis. Sy was lank laas so bly om die eenvoudige voorkant te sien, en te weet dat wat binne-in is, hare is. Dit is weliswaar nie so imposant soos meneer Botma se huis nie, maar ...

Dit is hoekom sy nie daarvan hou om aan hom as meneer Botma te dink nie: dit laat haar soos mevrou Botma voel.

En nou raak jy heeltemal die kluts kwyt, wil sy hardop sê. Sy het baie om oor na te dink; die gebeure van die aand moet in konteks geplaas word ... wat sy in die man se teenwoordigheid gevoel het ... en hoe die afstand tussen haar en Peter skielik so groot kan voel nadat sy tot die slotsom gekom het hulle is één ...

Hulle is in die sitkamer, in die oomblik wat deel van die besoek se aanvang of afsluiting kan wees.

Cathy wil alleen wees, met 'n geslote deur tussen haar en sommer die hele Botmasdorp. Daar is iets aan die gebeur, dit glo sy steeds, en sy is oortuig dat as sy lank genoeg ...

Sy was so ingedagte, en hy so stil, dat sy eintlik ruk wanneer Peter sy arms om haar sit.

Daar is 'n oorbekende reuk aan hom. Nie tabak of naskeermiddel nie, maar iets minder mensgemaak, iets wat herinner aan mos op 'n vervalle muur, of die grond in die tuin voor die man se huis.

Hierdie keer is die manier waarop hy haar vashou anders as vantevore. Hierdie keer is hy nie van plan om te laat los nie.

"Peter," sê sy, maar haar arms is langs haar sye, vas.

"My meisie," sê hy, en sy voel haar knieë raak lam. Sy is weer klein in die bed, met 'n lig wat onder die deuropening sigbaar word.

"Nee," sê sy, maar dit is net 'n woord. In haar mond is die smaak van die man se tee.

"My meisie." Dit is 'n parodie van 'n dans, soos hy haar na die slaapkamer stuur. Sy weet nie waar hy die krag vandaan kry nie, sy is magteloos teen die meesleurende stroom; die deken is weggetrek, en sy 'n oop teiken.

Hulle val saam op die bed neer. Op 'n manier het hy dit reggekry om die lig aan te skakel. Sy sou verkies het dat dit af moet wees, dat sy nie in sy glasige oë hoef vas te kyk nie.

Nou is die tyd om dit te erken: sy het haar dit wel voorgestel: haarself voor hom, ontbloot. Maar dit het veels te gou gekom.

Dit is so anders as wat sy gedink het.

Sy vingers is onhandig met die oopknoop van haar bloese, en hy gryp die materiaal in 'n vuis vas om die laaste paar knope los te skeur. Sy voel hoe die sintetiese stof in haar rug inbyt, dan is sy hande op haar borste en die koue aanraking laat haar tepels klip word.

As sy kon weg, weg . . . Is dít *al*?

Die kreune, die geluide wat uit sy mond kom, is besig om hom te verdierlik, met elke beweging word hy minder mens. Die hare op sy bors is walglik as dit van so naby gesien word. Dit laat haar aan gemmer dink, so geelrooi.

Sy wil doodgaan van skaamte, maar dit in haar wat haar wil teensit, weet dat dit te laat is en hy nie nou gekeer gaan word nie.

Hy het sy gordel los en wurm uit sy broek. Sy voel sy hardheid teen die vlees van haar maag, voel hoe dit, reeds groter as wat sy verwag het, verder groei.

"Peter, nee," probeer sy 'n laaste keer.

"My meisie. My meisie."

En: Sy moes haar verbeel het; dit moes die afloop van die aand se gebeure gewees het wat gemaak het dat sy kon glo Peter behandel haar nie met die teerheid waarvan sy nou bewus word nie. Nou . . . die hande wat oor haar liggaam streel, is lig, liefdevol, geleiers van die liefde wat hy vir haar voel.

Maar 'n oogwenk later:

Sy linkerhand knie haar bors – deeg. Sy het nooit gedink haar borste is mooi nie; effens te groot, lomp. Haar klere was iets om agter te skuil.

Sy geslag – 'n vae term vir iets waarvan sy net boekekennis het – spruit van onder die bos wat in 'n waaiervorm van sy naeltjie na benede groei, ligroos en sidderend, iets wat loer, soek na lug.

Die geluid wat sy hoor, is die ritssluiter van haar langbroek wat losgetrek word.

Hy weet so goed wat om te doen. Sy kom half orent, al weet sy nie of dit is om hom te help of om van hom af weg te kom nie, maar hy dwing haar op haar rug, sy koue, koue hande op haar polse, wat hy langs haar kop vasdruk, terwyl hy hande-viervoet oor haar hurk, 'n hond, 'n dier, maar geen mens nie, geen mens nie.

Dit is 'n foltering. Hy laat los een arm om 'n kussing onder haar in te druk. Sy kan nie haar arm beweeg nie, so hard het hy dit gedruk.

En 'n knip van die oog, en 'n storting van geluk spoel oor haar. Sy is in 'n kamer met satyn en fluweel en goud, en sy is in die man wat sy liefhet se arms. Sy lippe rus op hare, en alles om hulle vervaag in 'n waas van romantiek.

Die rivier waarvan sy deel moet wees, versnel.

Hy beur op haar af, van voor, van bo, en stuit waar daar nog nie 'n opening is nie. Die membraan . . . sy kan voel hoe dit rek, hoe hy . . .

"Peter."

"My meisie." Die woorde is 'n sleutel.

'n Druppel sweet val op haar gesig, van syne.

Hy het sy hande om haar heupe, en ruk haar op na hom toe.

Die rivier breek sy walle.

In die middel van die nag staan hy langs haar bed.

Sy lê stil, maar haar asemhaling is onegalig en hy kan beweging onder haar ooglede sien. Sy is in die droom versink.

Die koue van die vloer is besig om langsaam deur sy kuite op te trek boontoe, die groter koue tegemoet. Dit is so stil in hom soos die nag daarbuite, en ook in hom is die ys wat oor die hemel kristalliseer.

Die mes skitter in die lig wat deur die venster kom.

Dit is waar hy dit moet plant: daar waar haar kykers rol in hulle kasse agter die ragfyn lede. Daar moet hy die mes tot by die hef indruk en dit heen en weer wikkel tot sy stil lê. Stiller as nou.

Die stem wat hom wakker gemaak het, sê hy moet.

Hy kan nie onthou wat hy gedroom het nie, maar hy was gelukkig. Hy het iets gehad wat nog nie vantevore aan hom behoort het nie – en hoe lank het hy nie daarna gesoek nie? Hy was gelukkig, en Cathy wou dit van hom wegneem.

"Jy moenie dat sy dit doen nie."

Toe hy sy oë oopmaak en sy kop draai, lê Cathy daar. In haar houding kon hy haar voorneme lees: half op haar sy, en weg van hom, maar met haar arm op sy bors, haar hand na aan sy hart. Hy het verskrik eenkant toe gerol en byna van die bed getuimel, maar sy het bly voortslaap, net op haar rug gedraai, een ronde vol bors ontbloot. Die tepel en omringende melkwit vlees het sy maag 'n draai laat gee.

In die kombuis, in die laai onder die opwasbak, hou sy al die messe. Sy is so metodies, so netjies dat hy daarvan wil kots.

Sy roer in haar slaap, haar gesig draai na hom. Hy het al diep genoeg in haar oë gekyk, en weet hoe hulle onder die lede lyk: 'n grysblou reënboogvlies met donkerblou vlekkies, met die appel daarbinne, die middel van die teiken. Sy kan maar bevrees wees; hierdie pyl vlieg snags.

Hy lig sy arms bo sy kop, die mes in een hand en die ander daarby om die vaart te verdubbel, en sy liggaam kon 'n swart-en-wit naakstudie gewees het, met die spiere ferm dog sonder definisie op die plato's van skouer, buik en kruis; die donker geslag 'n niks in die skeller swart van die nag. Swart, wit, swart weerkaats oor sy ledemate.

Maar die mes voltooi nie sy sirkelslag nie.

Iets in hom keer hom.

Iets in hom sê hy moet.

Iets in hom keer hom.

Hy laat die mes val en dit skiet onder die bed in. Cathy beweeg in haar slaap, maar haar oë gaan nie oop nie.

Dit wat die stem hom gebied om haar nie toe te laat nie . . . dit het sy reeds gedoen. Hoe kan hy nou –

Dan moet hý gaan.

Sy klere lê steeds langs die bed, waar hy van hulle ontslae geraak het. Hy skop dit onder die bed in.

In die sitkamer haal hy die portret van die muur, hy wonder hoekom.

Die nag is nie koud nie, maar meer as koel op sy blote vel. Sy voete, gewoond aan skoene, is speldekussings vir die skerpheid van klip en gruis. Iets kloof 'n ou letsel op sy sool oop, en bloed laat 'n spoor agter hom.

Die pad is so soos altyd.

Hy voel of hy hoendervleis van binne. Dit is al wat hy voel.

Jare gelede het hy ook kaalvoet hierdie paaie geloop. In 'n ander leeftyd.

Die dorp slaap. Die paadjie heining hekkie pad na die man se huis is 'n tonnel in hierdie ondergrondse dorp.

So anders.

'n Ent voor hom lê die huis en wag.

Toe hy sy ma in daardie dooie slaapkamer sien staan het, met haar hande blindelings na hom gehou, was die skok so groot dat hy die flits laat val het. Terwyl hy dit oor die vloer hoor rol het, het hy gewonder wat sy in die huis maak.

Toe voel hy haar aanraking op sy wang, teer te midde van die koue, en hy het toegelaat dat sy haar arms om hom sit. Watter seun sou nie?

Haar gesig was wasig, die enigste bakens die swart-en-wit van haar oë. *Gelukkig is dit 'n maanverligte aand, en die maan is hier naby ons.*

Haar lippe op syne was 'n nuwe ervaring, iets wat hy ryker geword het. Hy sou nie kon toelaat dat iemand hom dit ontneem nie.

Maar Cathy leef.

Die klank van 'n graaf wat die grond tref, is 'n sein. Dit sny, skeur; 'n lem deur die stilte. 'n Stem wat roep.

Want hy het homself leer ken, en ook die siekte, die vuilheid wat soos 'n blom in hom sou groei. Dit is beter om dit nou te laat begrawe.

Cathy raak wakker van haar liggaam wat pyn.

Alles kring uit vanaf die wond in haar bekken. Neonspatsels glim in die swart lug, en die lakens is 'n droëbloedbad.

Haar elektroniese horlosie wys dit is drie-uur in die môre.

Peter is nie by haar nie, en sy weet nie of sy bly is of spyt nie. Sy het hom by haar nodig, én sy het nodig om alleen te wees.

Sy beweeg, en daar is 'n opwelling van pyn in haar maag. Haar spiere is die ene water, waarvan die volume te groot is vir haar liggaam om in te hou. Sy sit haar voet op die vloer, en die kamer word 'n meer waarin sy nie weet watter kant is bo nie.

Die felheid van die badkamerlig . . . Dit voel of daar blou kolle op haar bo-arms en polse moet wees, en sy is verbaas dat haar liggaam nog so blank is.

Die portret in die sitkamer is weg. Ook dit is vreemd logies. Die groep mense van 'n eeu gelede se afwesigheid teen die muur is 'n uitroepteken. 'n Spyker sit daar, en dit is al.

Sy gaan terug na die badkamer, waar sy haar gesig was. Dit laat haar beter voel, en sy maak die bad vol water, en klim in, en lê tot die water koud word. Sy probeer om aan niks te dink nie, en die gedagtes te smoor soos hulle ontkiem.

Later weet sy sy moet uit die bad klim, want sy wil nog probeer slaap voor sy moet werk toe. Dit moet al amper vieruur wees.

Die laaste water by die geutpyp af is die kreet van 'n onversadigbare, naamlose iets wat in haar huis moes gekom het toe sy gedink het al die ingange is bewaak.

Sy trek die lakens van die bed af, en gooi nuwes oor, en lê in die donker. Die venster is 'n pad uit, 'n pad in.

Sy kyk op, volg die drade van die noodlotsweb wat deur die sterre gespin word na die verste grense wat sy vir haarself kan skep.

En sy kan amper sien hoe die mis voor hulle inskuif.

Toe sy nog baie jonk was, het haar ma haar en Elaine geleer dat hulle nie vir die donker hoef bang te wees nie, want die sterre, het sy gesê, is ogies in die hemelruim, ogies wat na onder kyk om te sien of jy veilig is.

Maar in die vliese van die mis is dit besig om 'n sterlose nag te word.

Met net een oog.

2

Die misgety kom in.

Saggies, 'n wolf wat kom om skape te steel.

'n Gas wat nie seker is van verwelkoming nie.

Dit rol in, laag op laag, bollend en seker, asof deur tromme vergesel. Maar geluidloos, geruisloos.

Stil, stil, 'n Trojaanse perd waarvoor die stadshek oopgegooi is, 'n moordmasjien wat kom om gevoed te word.

Die mense van Botmasdorp slaap in dié stilte, hulle ore en sig deur watte bedek. Die nag word melk op kobalt, ink op marmer.

Bloed op die palm van 'n oopgespalkte hand.

In, in rol die mis.

Doelgerig, 'n leër wat kom om sy vernedering te wreek.

Die dorp se drome is van die ander kant van die graf.

'n Oupa wat hy skaars kan onthou, het gekom om met Phillip Meyer te praat.

"Maar Oupa, dis my werk," protesteer hy. En hel, sy oupa behoort dit te verstaan, want hy was self op sy dag 'n polisieman. Trouens, Phillip let nou eers op dat die man in sy konstabeluniform geklee is. "Ek moet sorg dat dinge reg verloop."

"Wat weet jy van reg af," kyk die man hom van kop tot tone, en lig sy wenkbroue.

Phillip kyk ook af na homself. Hy is kaal.

"Maar, maar —" is al antwoord wat hy gegee kry.

"Jy moet jou nie bemoei met dinge wat nie jou saak is nie. Om hier oor reg en verkeerd te wil besluit, sit nie in jou broek nie."

Phillip se hande is om sy broosheid gevou, en dit is hoe hy homself aantref wanneer hy wakker word in die bed waarvan hy die deken afgeskop het.

Die deuropening, waar sy oupa oomblikke tevore nog gestaan het, is leeg, soos dit nog die hele tyd was.

Natuurlik was dit nog die hele tyd leeg.

Al wat nuut is, is die besef dat sy oupa reg had: sy vermoede dat alles op die dorp nie is wat dit moet wees nie, is net dit – 'n vermoede. Hy het nie die tyd om dit op te volg nie. Goed dan, Oupa – hy is ook nie bevoeg nie.

Hy tel die deken op en wikkel hom toe in sy beddegoed en slaap verder.

Hierdie keer is sy slaap rustig, en iewers op pad na droomland kruis sy weë met Rienie Viljoen s'n, 'n afgetrede onderwyseres wat die huisie teruggekoop het wat eers aan haar ouers behoort het. Sy is aan Cathy bekend as die vaalhaarvrou wat saam met Bertha du Toit op die basaar was.

Iemand staan onder 'n boom, sodat Rienie nie sy gesig kan sien nie. Hy is besig om op haar vraag te antwoord: "Jy kan ook nie verwag dat alles moet wees soos dit eers was nie, Rienie. Jy is oud, óúd."

"Ja, maar níks is meer . . ." bewe haar lippe.

"En wie is jy om te wil sê . . ."

"Hier is niemand meer wat ek ken nie." Dit is so eenvoudig. Sy het vriende gemaak met Bertha, maar . . . Sy het teruggekom om te herwin wat sy agtergelaat het, net om te vind dit is nie meer hier nie.

"Miskien kan ek iets daaraan doen," sê die figuur onder die boom, en haal 'n langwerpige instrument uit die sak van sy kleed. Hy lig dit na sy mond en sy vingers begin dans, en die helder note kry vorm, wolke in 'n blou lug, en swel uit. En agter hom skyn die son op die grafstene . . .

Die jong konstabeltjie, wat is sy naam nou weer, neem haar hand en lei haar weg. "Kom, tannie," sê hy. "Dit het niks met ons te make nie." Hy laat haar nie toe om terug te kyk na die man wat agter hom verskyn het nie, sodat sy nie in sout versteen nie.

'Tis now the very witching time of night, when churchyards yawn, and hell itself breathes out contagion to this world, onthou sy 'n aanhaling wat 'n indruk op haar gemaak het toe sy kind was, en die woorde is op haar lippe wanneer sy wakker ruk.

Sy trek die gordyn weg en kyk na die nag.

Dit is 'n geverfde agterdoek, toneelgereed maar stil, soos met 'n minuut voor middernag.

HOOFSTUK DERTIEN

1

Dit is 'n lang minuut. Een wat asem ophou en dan, as hy voel hy kan nie langer nie, besef hy het nie nodig om asem te haal nie. Die oomblik voor die vallende figuur weet hy kan vlieg. Die dowwe moment vóór die klok slaan.

Dagbreek is slegs 'n begrip – die nag gaan voort, vry van die kettings van die tyd. Die mis skep 'n nuwe orde. Dit – die mis, die mis – is met dagbreek daar, en dit bly.

Dit is 19 Februarie, en 'n Dinsdag, en Botmasdorp duisel op die rand van sy eeuwording.

Plakkate op straathoeke adverteer 'n fees wat niemand meer seker is gaan plaasvind nie – die organisering daarvan is saam met die burgemeester iewers die mis in.

Ook van hierdie laaste dag skuif die ure minute sekondes verby, krale op 'n telraam.

En daardie krale, hulle kleur . . .

2

Dit raak middag.

In die biblioteek is dit weer net sy en Alice – niemand kom van buite af in nie. Dit kan 'n dorp vol Rip van Winkels wees, die biblioteek 'n betowerde kasteel in die hartjie van 'n woud.

Sy wou Peter bel, maar toe sy die slinger draai, is daar nie 'n geluid nie. Sy het weer probeer.

"Lyk my daar's fout," het sy opgemerk.

"Lyk my so," het Alice bygevoeg, maar natuurlik sonder enige gevoel in haar stem. Cathy het opgehou om die vrou se veranderde toestand te bevraagteken – dit is nog af en toe 'n rilling werd, maar is deel van 'n groter geheel. As sy dáárvoor 'n naam kan vind . . .

"Sal daar fout wees met die sentrale?"

"Lyk my so."

Alice dra 'n donkergroen snyerspakkie. Sy moet lief wees daarvoor, want sy het dit gister ook gedra, én op die dag toe sy na die man se huis gegaan het.

Cathy oorweeg dit om hotel toe te stap, maar sy sal Peter tog vanaand sien. Sy kan nie verstaan waarom hy in die middel van die nag padgegee het nie. Skuldgevoel? Wel, hy het genoeg om oor skuldig te voel; sy kry steekpyne as sy enige skielike beweging maak.

"Ek gaan af argief toe," kondig sy aan. Enigiets om weg te kom van Alice af.

Sy stoot die deur oop, en voel vir die skakelaar. Dan, poele lig in 'n mistige straat. 'n Put met trappe, wat versigtig benader moet word as jy nie kop eerste wil afgaan nie.

Die argief gee haar altyd die gevoel dat iets of iemand skuiling gesoek het net voor die lig aangeskakel is. Maar dit is onmoontlik, want daar is net die enkele gang vanaf die voet van die trap tot by die vierkantige tafel. In die dakhoë rakke strek die letters aan weerskante, op, af, nader, verder, C, I, K, T, W. Ver, bo die tafel, is 'n lampkap, net daar om te toon dat die lang donker uitgetrapte tapytstrook darem nie na niks lei nie.

Dit ruik na ou kennis, asof al die boeke wat jare lank ongebruik was, gelyk oopgemaak is.

Daar is iets nuuts in die rak reg langs die tafel: 'n dik A4-grootte boek met 'n bruin omslag.

Dit is die rak wat leeg geplunder was.

Sy is seker die boek was nie vroeër daar nie. Sou Alice dit iewers gevind het? Indien wel, hoekom het sy niks in dié verband gesê nie?

Eers toe sy dit optel, met 'n slag op die tafel neersit en oopslaan, besef sy dit is die dagboek van haar ooroorgrootmoeder. Die een wat met die dorp se stigter getroud was. Sy het al 'n maal daaruit begin lees, maar dit het haar gou verveel.

Adelaide Botma, née Grey, was 'n *lady* so reg uit Brittanje toe sy in die stryd tussen Boer en Brit betrokke geraak het, en haar by eersgenoemde geskaar het.

Die onderwerp het Cathy nog nooit geïntereseer nie – dis iets van te lank gelede – maar nou kyk sy met nuwe oë na die boek. Jy sou daarmee 'n os in sy spore kon laat vassteek, al wil die bindwerk al uitmekaar en het die blaaie donkie-ore.

Hoekom is dié dagboek, die enigste boekstawing wat met die dorp se ontstaan te make het, alleen op die rak? Hoekom is dit *terug* op die rak? Hoekom *haar* voorouer s'n?

Sy sien weer die syfers in die handskrif van die man met dieselfde van as sy: *1891 1891 1891 1891 1891 1891 1891 1891*.

Daarom – want die antwoord lê hier, begrawe onder die stof, in die reuk van ou boek – moet sy terug na 'n tyd van verskuiwende grense en hervestigde gesinne.

Op die eerste bladsy, vier syfers; die jaargetal op sy eie, sonder eggo's.

Die gansveerpen het die syfers sierlik gekrul, 'n hofie vir die inskrywings wat moes volg.

January 1st: With the new year I feel new determination to serve God. May the Lord make me faithful.

Sommige dae het die vrou baie te sê gehad, by ander net 'n sin of twee. Maar daar is nêrens 'n dag oorgeslaan nie; dit is alles daar indien jy sou belangstel, in die metodiese spinnekophandskrif, netjies maar moeilik leesbaar. Die skrif hel skerp na regs, die ink half weggeslaan.

January 2nd: It is still foggy; it cleared away a little towards the middle of the day.

Cathy besef dat sy besig is om saggies om te blaai. Al is dit haar werkplek, en al is daar niemand om haar te hoor nie, wil sy nie normaal wees en af en toe 'n geluid maak nie. Die biblioteeksindroom.

Sy trek 'n stoel uit en gaan sit.

January 26th, slaan sy 'n paar bladsye oor. *My time is still divided between preaching, catechising and ordinary household chores.*

Sy moes haar man baie liefgehad het, dink Cathy, om alles . . . Sy het begin omblaai, maar iets het haar oog gevang, en sy blaai terug:

Today I came upon a boy who seems to live in the woods. When first approached, he was wild, but later allowed me to speak to him, however keeping his distance. I know not where he came from, nor how he came to be here. He was totally dark respecting God, or his state as a sinner. He knew not that he had a soul, that there was a God or any future state of existence – nothing could be more interesting to a Xtian mind than to see light gradually break in on his hitherto dark & bewitched soul.

I directed him to pray to God to manifest Himself unto him, convince him of his sins & save his soul. The first indication that God was aiding my endeavour by His spirit was that he expressed himself as being assisted when he attempted to pray, although he could not tell whence that assistance came.

It is difficult for me to communicate with him, for he speaks only a poor Dutch, and seems unwilling to near the settlement, for fear of the men. I would like him to speak to Frederik, but am so afraid that F. will only scare him away – he can be so intense!

The boy's appearance is remarkable. He

Die volgende bladsy is uitgeskeur. 'n Paar dae is vir ewig verlore, en die dagboek vervolg met 'n beskrywing – in eindelose detail – van alledaagse lewe, elke dag skynbaar dieselfde, in die vestiging.

growing into a regular little town.

February 13th. Frederik & myself rode to the river to look for stone to pave the rooms of our new house. During our search I was mercifully preserved from being seriously injured. Ascending a rock over which a small stream filtered my horse lost his footing & fell. It was because of the boy – he appeared, it seemed, out of thin air, and frightened the horse, then he was gone again.

I fell off the horse & rolled down the rock into a stream leading to the river, & my horse rolled after me. Had he rolled on me I would humanly speaking have been killed. Providentially the horse came to the bottom by my side & I received no further injury than a bruise on my hip occasioned by the fall. Doctor Smit assures me our unborn child has come to no harm.

Cathy smoor 'n gaap, maar dit is nie die dagboek se skuld nie;

sy het heel betrokke geraak by die verhaal. Die vaakheid moet die gevolg wees van wat gisteraand gebeur het . . . maar sy het tog nie só min slaap gehad nie. Sy skat dit is nou net so ná drie die middag – sy stut haar ken op haar linkerpalm, en die posisie is te gemaklik om haar kop te lig om op haar horlosie te kyk.

Net haar oë beweeg.

February 14th. I feel very stiff from my fall yesterday.

Op die volgende twee dae verdwyn daar troeteldiere en vee uit die vestiging. En die inwoners het hulle vermoedens oor wie daarvoor verantwoordelik is.

February 17th. This morning I called together all the people & tried to reason with them & show them the extreme folly of acting as they are acting. They seem to think the boy is carrying on a private vendetta against our group, and that he regards us as intruders in his domain.

I fear I may not have convinced them, for they listen only to Frederik, and he is headstrong. Furthermore, I cannot allow this matter to come between me and my God-given husband.

Cathy kan nie meer haar oë oophou nie. Die letters in die dagboek het so mistig geraak soos die wêreld buite. As sy net vir 'n paar oomblikke met haar kop op haar arms sou kon lê . . .

3

Die dorp sluit die oë.

Die lomerigheid kom soos hoogwater, en ontsien niemand nie, of hulle nou aartappels skil, vrugte pluk of motor bestuur.

Phillip Meyer is aan diens in die polisiekantoor. Hy begin gaap, en so met die gaap gaan sy oë toe. En hulle bly toe. Dit is so eenvoudig.

Sy moeder, Debora, is by die huis wat sy met hom deel. Sy het 'n rukkie gaan lê vanweë 'n hoofpyn, en was aan die insluimer toe die groter vaak haar oorval, en haar lyf so swaar raak dat sy voel dit sak deur die matras, of is dit die dak wat afgekom het om haar vas te pers?

Wat maak Phillip by die huis? Hier in haar kamer. Hy moet nog... Nee, dit is tog nie Phillip nie, maar haar pa. Sy wou mos sê die konstabeluniform is nie so modern nie. Maar wat het hy hier kom maak, hy is dan dood? En dan is hy weer weg van waar hy aan die voet van die bed gestaan het. Natuurlik, sy is besig om te droom.

En die droom gaan voort, die rolverdeling gevul met karakters uit die verlede.

Cathy se buurvrou hoor iets in die gang af beweeg, maar staan nie op om te gaan kyk nie, want hulle kan mos weet sy slaap. Die gesig wat om die hoek loer, is haar tante wat in 1983 dood is toe dié se huis afgebrand het. Snaaks dat sy nou hier sou wees. Johnny wag dat die tante moet nader kom, maar sy bly in die deur staan, asof sy wil ingenooi word. Gaan weg, tante, dink Johnny, en dié gehoorsaam.

Die volgende plek waar die dooie tante gaan kuier, is in Rienie Viljoen se droom. Die voorkamer is vol mense, en Rienie besef dat sy gelukkig behoort te wees, want wou sy hulle nie almal in haar lewe terughê nie?

Maar nie so nie. Kyk nou maar vir Amanda-wat-in-1983-dood-is-toe-haar-huis-afgebrand-het: haar gesig het begin loop en jy kan al die bene onder die vel sien uitkom en o die reuk...

Sy moes van beter geweet het as om terug te kom.

En Peter ook, dink sy, én Cathy, en wonder vaagweg wat dié lewendes in haar droom soek.

Die dorp slaap, en wag vir die prins met sy verlossende kus.

4

Alice skrik wakker. Nie met oë wat oopgaan nie – hulle is steeds op niks gerig – maar met roeringe in daardie poele. Iets borrel op na die oppervlak van haar bewussyn.

Omdat sy al so 'n lang ruk stil sit, is haar bewegings stroef, soos 'n kind wat leer loop, wat moet onthou dat jy jou val keer met 'n volgende tree. 'n Robot sou die menslike bewegings nie beter kon nadoen nie.

Sy maak die swaaideur toe, en sit die slot op. Sy swaai die bordjie in die venster om:
TOE. CLOSED.
Sy trek die gordyne dig.
Sy skakel die lig af, want sy het dit nie nodig om te kan sien nie. Die enigste lig kom vanaf die deur na die argief, wat op 'n skrefie oop is.
Asof hulle 'n sig van hul eie het, vind haar vingers, tussen die papiere, kaartjies, stempels en boeke op die lessenaar, die skêr.

Cathy skrik wakker wanneer haar ken van haar handpalm afglip. Haar nek is styf.
February 18th. Now there is no doubt; the boy has been lying to me. God is no more in his heart than he wants Him to be. Johanna claims she saw him kill a chicken with his bare hands this morning. She was behind a tree and he did not see her. It was not done for food, for the corpse was left on the spot. I have never known Johanna to lie.

I am forced to ponder the question whether my fall down the rock was not perhaps intentional. If God is not in the boy's heart, could he not have been reacting AGAINST God, or the person who attempted to bring him to God?

Daar is 'n krieweling in Cathy se nek, en sy kyk om na die gang, die trap, die deur. Alles is soos vroeër, en sy draai terug na die boek.
Vandag se datum, maar 'n eeu gelede:
February 19th. The boy was in our settlement last night. This time it was a turkey he slew. There are footprints outside our bedroom window. Last night Frederik thought he heard someone there, but when he opened the window, there was no one to be found. F. is mightily displeased, and the people are talking among themselves.

En dan word 'n dag oorgeslaan.
Nêrens elders in die boek is daar 'n dag waarvan daar nie verslag gedoen is nie, of dit nou goed was of sleg.
Net 20 Februarie. Dit bestaan nie.
Op die 21ste Februarie is daar 'n gemeenplasige bespreking van die weer, en 'n herwaardering van die groep se oogmerke –

hoekom hulle getrek het, wat hulle in hulle nuwe tuiste wil bereik, ensovoorts. Daar is besluit om die vestiging Botmasdorp te noem.

Daar is inskrywings vir 'n verdere vier maande, maar in nie een van hulle word na die seun verwys nie. Daar is ook skynbaar geen verdere ongevalle onder die pluimvee nie.

Vier maande, totdat Adelaide Botma met die geboorte van haar baba sterf, en klein Fanus Botma deur sy vader grootgemaak moet word, godvresend, soos ook sý seun en dié s'n, deur die vertakkings van die stamboom voort.

Cathy slaan die dagboek toe. Goed twee derdes daarvan is leeg. As die skryfster bly leef het, wat sou sy nie nog alles hier kon opgeteken het nie?

Op die krulle en poele wat die drukkers goed geag het om op die omslag aan te bring, het die tyd sy eie merke gelaat, gate daarin gevreet.

Sy weet dat wat sy gelees het, belangrik is, maar waar pas dit by die hede in? Want dit kan nie toeval wees dat sy vanmiddag op die boek afgekom het nie – dat dit hier vir haar geplaas is – en môre is dit 'n honderd jaar . . .

Iemand maak keel skoon agter haar.

Dit is Alice. Sy is halfpad met die trap af.

"O, jy het my –" sê Cathy met haar hand op haar bors.

Alice se houding is vreemd. Haar een voet is 'n trap laer as die ander, sodat haar onderlyf vir Cathy in profiel is, met 'n vooraansig van die torso. Haar linkerarm is agter haar rug ingevou.

"Klaar gelees?" vra haar mond.

Cathy beduie na die dagboek: "Alles oor die dorp se ontstaan was toe nie weg nie. Hierdie een . . ."

"Frederik Botma se vrou s'n." Alice begin verder met die trap afbeweeg, krapsgewys.

". . . Ja." Alice het dus geweet die dagboek is hier. Sy het dit waarskynlik self op die rak geplaas.

"Ek weet nie hoekom hy dit so wou hê nie. Seker sodat jy moet weet wat alles beteken." Alice het die voet van die trap bereik, en haar hand is nie meer agter haar rug verberg nie. Die skêr is oop en bloot, slaggereed.

Die stoel se terugstoot is dubbel so hard as wat Cathy verwag het. Sy begin agteruit beweeg, om die tafel, sodat sy dit tussen haar en Alice kan hou. Hier in die diepte van die gebou is dit skielik so koud . . . nee, dit is nie die argief wat die hare in haar nek laat rys nie, maar die manier waarop Alice meedoënloos nader kom. Die lig bo die tafel is tussen hulle, sodat die lampkap Alice se kop uit haar sig neem en Cathy net die liggaam stokkerig sien nader, nader.

Haar rug is teen die muur. Links en regs: boekrakke. Voor haar: die tafel met Alice daaragter.

Nou weet sy wat haar gehinder het aan Alice se handelinge sedert sy teruggekeer het van haar werk by die man se huis: Alice is regs. Hoeveel keer het sy nie al daardie hand wat nou so slap langs die romp van haar snyerspakkie afhang, met 'n stempel bo 'n boek gelig gesien nie? Maar nou is dit in haar linkerhand wat sy die skêr vashou. Die linker is die hand wat voor haar bors gelig is, sodat die skêr se punt af wys. Die hand wat die werk moet doen.

Sy sien weer die man in sy studeerkamer, en hoe hy die teekoppie na sy mond lig.

Met sy linkerhand.

En nog 'n beeld, waaraan sy nie nou mag dink nie: Peter wat haar bors met sy linkerhand vasklem.

"Maar jy kan nie weet én lewe nie," vervat Alice. Sy doen nie meer moeite om normaal te praat nie, en haar stem doen vreemde dinge in hierdie vertrek wat so sku is vir stemme. "Tensy dit is soos –

"– ek," kap sy met die skêr, 'n skilder wat 'n wye swiep maak. Dit mis Cathy, omdat sy ook haarself verras het deur plat te val, tot teen die tafelblad.

Dan moet sy weer regop, en die skêr se punt vind die hout waar haar kop 'n oomblik tevore was.

Alice beweeg verder in die nis tussen tafel en boekrak in, en Cathy om die ander hoek. Sy moet die tafel tussen hulle hou, onthou sy.

Maar Alice het reeds daaraan gedink. Met 'n kragtige beweging stoot sy die tafel tot teen Cathy, en Cathy vas teen die boekrak, dat 'n nuwe, ou pyn in haar bekken ontwaak, met 'n groter een wat –

Die skêr haak vas in haar skouer – maar net omdat sy op die laaste oomblik haar kop uit die pad geruk het – en byt en hap 'n homp vlees uit.

Dan is die skêr weer in die lig; hipnotiserend flits dit. Die lampkap is raak geklap, Cathy weet nie deur wie nie, sodat die lig kol-kol gewerp word – 'n soeklig van die tyd op die instrument waarin jare se haat veryster het, op die ligroos en blou van Alice se hand, die silwer, die rooibruin.

Met die volgende haal word die skêr gebed in die omslag van Adelaide Botma se dagboek. Cathy het uitgereik en dit is wat sy raak gevat het.

Tydelik beroof van haar prooi spoeg Alice van woede. Haar lippe is van haar tande weggetrek. Sy ruk die skêr uit om dit opnuut te gebruik.

Cathy se vrees gee haar krag, sy stamp met haar heup die tafel opsy en is uit die spasie. Sy kan die beweging agter haar voel, soos Alice steek, en mis.

Sy wil val in 'n vou in die tapyt, maar slaag daarin om regop te bly deur haar gewig teen 'n boekrak te gooi, en voort te strompel na die voet van die trap.

Agter haar kan sy die gehyg van Alice se asemhaling hoor, en haar voetstappe, verdof deur die tapyt.

Die sementtrappe vermeerder in getal. Sy het nooit geweet daar is so baie nie.

Wanneer sy halfpad op is, is Alice by die voet van die trap. Nou werp die ouer vrou haarself na vore, sonder om rekening te hou met die val op die sement, en die skêr sink in Cathy se kuit weg.

Sy wil gil, maar hier is niemand om haar te hoor nie. En met die dorp soos dit nou is . . . sou enigiemand wou help?

Sy moet voort, hande-viervoet die trap uit – nee, nie trap nie, 'n berg – tot bo.

Bo, waar Alice haar voet vasgryp, dat sy in die deuropening val, haar bolyf in die biblioteek, die res van haar liggaam . . .

Sy sleep haarself deur die opening, kry haar voet los, en hoor eerder as sien hoe Alice orent kom op die bopunt van die trap.

En eers nou kom sy agter dat sy nog steeds die dagboek in een hand vasklou. Met 'n krag wat sy nie geweet het is hare nie, kom sy orent, en bring die boek van onder af op, sodat dit genoeg momentum verkry het teen die tyd dat dit Alice onder die ken tref.

Die skêr vlieg iewers die lug in, en Alice agteroor, 'n bolmakiesie wat haar die trap afstuur. Sy bly aan die voet lê, met haar nek gebuig tot 'n hoek wat dit nooit bedoel was om te hê nie.

Cathy bly bo in die deur staan. Noudat dit verby is, voel sy sy wil begin bewe, en dwing haarself om nie aan die versoeking toe te gee om net te gaan sit en huil nie. Want wanneer hou sy weer op?

Sy gaan die trap af, na waar die gebreekte pop van 'n liggaam lê. Sy voel vir 'n hartslag, 'n polsslag, en daar is niks. Kan 'n mens nie in die nek ook . . .

"Ons wag vir jou," sê die man.

Alice se mond, waarvan die lippe nie beweeg het nie. Die man se stem deur daardie dooie lippe.

Alice se onsiende oë wat deur Cathy staar.

"Julle tyd is om. Ons wag vir jou."

Sy ruk haar hand weg waar dit op die vrou se keel gerus het, want die roering van die adamsappel in die evasnek wil haar laat skreeu en skreeu.

Die stem praat nie weer nie, net soos Alice nooit weer sal beweeg nie.

Sy staan weg van die lyk.

Daar is nog iets:

Terwyl sy vir 'n polsslag gevoel het, het sy iets opgemerk wat haar verstand op daardie oomblik verwerp het, omdat dit nie reg kon wees nie, maar nou keer haar blik na haar horlosie terug.

Sy weet dit kan nie so laat wees as wat die wysers sê nie. Dit kan nie soveel uur wees sedert sy afgekom het argief toe nie.

Maar dit is.

'n Minuut voor middernag.

Hoe dit gebeur het, en wat van al daardie verlore ure geword het, in watter bodemlose diepte hulle afgespoel het, weet sy nie. Wanneer het die tyd verbygegaan? Toe sy nie gekyk het nie.

Sy weet net waarheen sy nou moet gaan.
Voor dit te laat is.
Julle tyd is om.
Wanneer sy die biblioteek se voordeur gesluit het en sy haar laehakskoene op die sypaadjie hoor, voel sy twee oë op haar. Twee?
Die kerktoring. Die verligte horlosie is nóg 'n maan.
Terwyl sy kyk, begin die twaalf slae slaan, en dit word Woensdag, 20 Februarie.
Ons wag vir jou.
Hoe het die koms van die nag nie alles anders opgehef nie – die neerstryk van 'n enorme swart voël; 'n gordyn wat laat sak word.
Die nag, wêreld van verskuildheid.
Land van die blindes.

III

Iris
20 Februarie 1991

HOOFSTUK VEERTIEN

1

Hy wag al so lank.

Maar hy het die tyd sien aankom, en dit is hier.

'n Tyd om te ly, en 'n tyd om jou te wreek.

Die kerkhorlosie slaan elf maal ... twáálf, en kondig die nuwe dag aan.

Die laaste slag bly in die lug hang; soos van 'n ghong.

Die mis behang die wêreld buite.

Hy het besluit om die lêer te vernietig. Vernederings van die verlede ... Hy sal die geskiedenis *her*skryf.

Sy moet nou al op pad wees, maar dit help nie, wat sy ook al wil; dit is sý uur hierdie.

'n Geluid in die tuin, en hy loer deur 'n gat in die karton waar 'n ruit moet wees. Dit is nog nie sy nie, maar dit sal nou nie meer lank wees voor hy ...

Nee. Hy moet dit nie vooruitloop nie. En het die tyd hom nie geleer om geduldig te wees nie? Heel die tyd nie alle wonde nie, en behoort die tyd nie aan dié wat wag nie?

Hy wag al so lank vir hierdie dag.

Vir haar.

Nog 'n rukkie sal geen verskil maak nie.

2

Die man se huis is maar net nog 'n huis.

Dit is wat sy moet onthou, hier waar sy nou by die tuinhekkie staan. Sy moet die hek oopmaak, want daar is niks anders oor om te doen nie, en deur die tuin stap, tot by die voordeur, en dan ...

Die hek skree.

Ons dink maar die wêreld is so groot, dink sy. Hierdie wêreld is net 'n laag, en hoeveel lae is daar nie dalk nie? So nou en dan is daar 'n verbrokkeling van die wand wat 'n skeiding moet vorm. En daar is altyd iets aan die ander kant wat wil deurbreek.

En Botmasdorp is een van daardie plekke, een waar jy maklik deurval, of iets maklik *na jou* deurkom. Dun ys.

En die man se huis is 'n gat in die grond.

'n Deur na die onderwêreld.

Sy is al een maal vantevore deur hierdie tuin met sy vergroeide bome wat skadu's gooi waar daar nie reeds swart is nie.

Dit is net 'n tuin.

Maar elke keer as 'n takkie kraak of 'n voet deur dooie blare skuur, skrik sy voordat sy besef sy het self die geluid veroorsaak.

Daar brand geen ligte in die huis nie.

En, noudat sy daaraan dink, ook in geen ander huis in die dorp nie. Net hier en daar 'n straatlamp, met lower bekleed. 'n Verlore stryd.

Sy haat die man vir wat hy aan haar dorp gedoen het.

'n Mens waardeer eers iets as jy dit verloor het.

Ná middernag, in die tyd wanneer koetse in pampoene verander, kan sy sien hoe die huis werklik lyk. Van die weelde wat haar vroeër begroet het, is daar nou nie 'n teken nie. Dit is nie meer nodig nie.

Die huis is 'n seer op die gesig van die dorp.

Sy moet dit oopbreek, en die kwaad uitlaat.

Daarom moet sy onthou dat die huis niks meer is as sement en hout en sink nie, en karton waar eers vensters was.

Die voordeur. Die glasinsetsel is so donker soos die res van die deur; dit verraai niks.

Dit is sweerlik net 'n nagmerrie. Sy sal nou-nou wakker word, en haar ma vir 'n glas water vra, en haar ma sal verstaan:

Doedoe, kindjie, doedoe!
Kindjie moet nou bed toe gaan;
Wolfie wil vir kindjie vang,
Mama sal vir Wolfie slaan.
Doedoe, kindjie, doedoe!

Maar selfs toe was die wolf al ín die huis.

Die voordeur is nie gesluit nie, en gaan oop sodra sy daaraan raak. Dit kraak.

Sy begin dit saggies toemaak, maar weet hy nie tog reeds dat sy hier is nie? Die toegaanslag herhaal homself in die ingangsportaal, die gang af, die trap op.

Die reuk van verrotte pleister sypel uit die mure, maar dit ruik vir haar na meer as net dit – dit ruik na vrees en haat, en die wete dat jy nie alleen is nie.

Hoekom, as hy vir haar gewag het – sy weet hy het – openbaar hy hom nie aan haar nie?

Die huis is stil, soos 'n graf behoort te wees. As sy te na aan 'n muur beweeg, wil webbe haar toespin.

Die studeerkamer is leeg, kan sy sien. Die ligte werk nie wanneer sy dit probeer aanskakel nie. Natuurlik sal dit nie: alles gaan hier om effek.

Al is dit donker, kan sy die buitelyne van die tafel en stoele uitmaak. Daardie een daar is nie meer die stoel waarin sy gesit het nie; waarin sy *gedink* het sy sit. Die fluweel het gewyk voor bederf. Die boekrak is nog teen die muur, maar sy weet hoe vervalle die boeke daarin sal wees, met slegs een onlangse toevoeging – die plakkaat. Met daardie datum onderaan.

Ek was in die bevoorregte posisie om in Botmasdorp gebore te word, ken sy die begin van die toespraak wat sy nou nooit sal hoef te maak nie, uit haar kop.

Die volgende vertrek se deur is oop, en sy gaan binne.

Dit is 'n slaapkamer. Twee beddens met duidelike induikinge waar liggame gerus het, beslaan die meeste van die ruimte.

Niks om hier te –

Sy trek haar asem in.

Die figuur staan in die hoek, en was so stil dat sy eers gemeen het dit ís die hoek. Totdat dit nou beweeg het, in haar rigting.

En nou is sy die donker dankbaar.

Want die gesig is 'n bleek sirkel, en oë en mond pons gate in die niks wat daar andersins sou wees.

"Elaine?"

Tog is dit ook nie haar suster nie – nie meer nie. Eerder 'n gekraakte spieëlbeeld van haarself.

"So."

Die stem is ook nie meer soos Cathy dit onthou nie. Stemme in die nabye verlede wat haar laat ril het omdat dit so anders was as hoe die eienaars normaalweg geklink het ... hier is dit weer.

"Wat het met jou oë gebeur?"

Want hulle is wyd oop, en bly so.

"Hy het hulle so gemaak," sê Elaine. *Hyt holle soe gemahik*, en sy staan nader. (Om beter te kan sien, my kind.)

Cathy gee 'n tree agteruit, want sy het aan die donker gewoond geraak en dit is nou net 'n halfdonkerte. Elaine se ooglede is weggesny, sodat sy vir altyd uit die kasse moet staar.

Sy sou gegil het as sy gedink het dié gesig is die ergste wat haar in die huis inwag.

"Maar genoeg van my," sê Elaine. "Hoekom het jy gekom?"

"Ek wou –"

"Dis nie asof jy enigiets hier kan uitrig nie."

Dit is die man wat praat, dit weet Cathy reeds. Elaine se mond is net die klankgat, en sy kan nie dat die magsverhouding wat sy deur die jare tussen haar en haar suster aanvaar het, nou geld nie.

"Meer as jy, wil dit my lyk." Dit maak haar seer om dit te sê, maar die persoon voor haar – nee, nie die persoon nie, maar die liggaam – is nie Elaine nie, nie meer nie. Sy moet dit onthou, nes sy moet onthou dit is net 'n gewone huis.

"Nog nooit nie," sê Elaine met die selfversekerdheid wat haar Elaine maak. Sy kon in 'n gemaklike gesprek met haar suster betrokke gewees het, was dit nie vir dié vertrek nie, en haar oë, en haar stem, en haar woorde.

Cathy het nooit vantevore met Elaine in 'n woordgeveg betrokke geraak nie, omdat sy geweet het sy kan nie wen nie. Maar het sy nie vanaand alleen na hierdie huis gekom nie?

"Ek kan nie dat hy voortgaan ... met wat hy doen nie."

"Asof jy hom sal kan keer." Die starende oë verlaat hare nie vir 'n oomblik nie.

"As hy dink ek kan nie, hoekom is jy hier?"

"... Nie om jou te keer nie. Net om jou sag te maak."

Maar Cathy kon aan die aarseling hoor dat sy 'n waarheid aangeraak het. Elaine *is* hier om haar te keer. "Dit sal meer as jy kos om my sag te maak."

"Ja, suster." Dit is 'n beurtsang, en Elaine is seker van haar note. "Ek neem aan dit vat 'n man se hand."

"Peter het niks –"

"Enige man."

"Ek is nie jy nie."

"En as hy jou pa is, nog beter."

Sy weet nie hoeveel hiervan sy nog sal kan verduur nie. Die mens voor haar is haar suster, haar tweeling, wat nog altyd die naaste aan haar was, totdat –

Cathy: "Dit is jy wat dit wou gehad het, nie ek nie."

Elaine: "Nooit."

Cathy: "Ja, tog. Dis jy wat elke keer verder wou gaan. Met 'n kombers oor jou kop, maar as dit eers af is –"

Elaine: "En jy wat altyd wou keer, omdat jy geweet het dit sal hom aanspoor."

Hoe om voort te gaan as Elaine se redenasie so logies klink? Dit is argumente wat sy nog nie met haarself uitgemaak het nie. "Hoe sal jy nou weet wat ek gedink het?"

"Dink ons dan nie presies eenders nie? En moenie vergeet dat hy meer na jou as na my gekom het nie."

Nou sien Cathy dit eers – hierdie slaapkamer is 'n replika van die een wat sy en Elaine kleintyd gedeel het. Dit sal nie te lank wees voor hulle pa inkom en –

Dan knip sy haar oë, en is terug in die hede.

Dit is net 'n kamer.

En in die ding voor haar is daar nog iets van Elaine; wat van die hart oorbly, kan deurboor word.

"En weet jy hoekom het hy meer na my toe gekom?"

Daar is iets afwerends in Elaine se houding, en dit is die tweede keer dat sy huiwer. "Nee. Vertel jy my."

"Omdat hy liewer was vir my as vir jou."

"Dit is nie waar nie!" gil wat van haar suster geword het. "Dit is nie waar nie!"

"Jy is heeltemal reg – hy het meer dikwels na my gekom. Hy was liewer vir my, omdat hy geweet het hy kan my nooit *hê* nie. Ek was nie so . . . so maklik nie."

"Dit is nie waar nie. Ek was nie."

As sy nou ophou, soos sy so graag wil, sal sy staan waar Elaine nou staan. Daarom die doodsteek:

"Jy was verlief op hom, nè?"

"Dit is nie waar nie."

"Maar hy is dood."

Elaine laat iets val, iets wat Cathy weet vir haar bedoel was.

Wanneer sy na haar storm, gooi sy haar arm op om haarself te beskerm, maar Elaine is verby haar, en uit by die vertrek.

Sy hoor die voordeur toeslaan.

Sy voel die naarheid in haar keel opkom. Wat het jy aan jou suster gedoen?

Nee, dit is die ou Cathy wat die vraag gevra het, die een wat die skuld vir alles op haar geneem het. Nou moet iemand anders daardie kruis dra.

Sy weet dat die man steeds vir haar wag, en elke tree bring haar nader aan hom. Hy is nie in die kombuis nie, nie in die badkamer nie, trouens, hy is nie op die grondverdieping nie.

Sy sal met die trap moet op.

Net om haar te herinner aan wat met haar in die argief gebeur het, is daar 'n skok in haar skouer wanneer sy die reling vasvat, en in haar kuit sodra sy haar voet op die eerste tree plaas.

Daar is 'n gekraak onder haar gewig, maar hy weet mos sy kom.

En het hulle haar nie deeglik sag gemaak nie, moet sy erken: Elaine, en voor haar Alice, en voor haar . . . maar enige gedagte aan Peter het nie 'n plek in hierdie huis nie.

Aan die bopunt van die trap gekom, sien sy die gang voor haar uitgestrek lê. En soos sy aan die knoppe draai, swaai die deure oop. Oop geheime.

Een na die ander vind sy die vertrekke leeg, en stil, asof hulle vir haar geskrik het.

En net wanneer sy begin – of wíl – dink dit was alles tog net 'n nare droom, en dat die man weg is, of beter nog, dat hy nooit hier was nie, bereik sy die laaste vertrek, en natuurlik, daar staan hy:

"Uiteindelik," sê hy en sy hemelsblou oog vonkel. "Dit is hoog tyd."

HOOFSTUK VYFTIEN

I

Sy was nooit soos ander kinders bang vir 'n ding wat snags in 'n kas wegkruip nie. Daarvoor was die lig wat onder die deur verskyn het, te werklik.

Maar hier het die kasdeur nou oopgegaan, hier is die geraamte uit die kas, die hand onder die bed, nou.

En dit maak nie saak hoe baie kere sy sy gesig sien nie, sy sal nooit gewoond raak aan die verskriklikheid daarvan nie. Die repe in die vel wat by gewone mense gelaatstrekke genoem sou word, is elke keer nuut, dieper merke van die verbygaande tyd se terloopse geweld.

Sy is vaagweg bewus dat die vertrek 'n slaapkamer is. Die bed en spieëltafel stempel dit as sodanig.

Die man vul die vertrek – dit, en die huis, is 'n uitgroeisel van hom; hy, die middelpunt. Die kleed poel om hom, al liggaamsdele wat daarvan vry is, is sy hande, sy kop. Die kop, die gesig met –

Sy moet nie daarna kyk nie. Die blouheid is 'n maalgat waarin jy, as jy eers begin verdrink, dieper, verder sal sink.

"Hóóg tyd," sê hy.

"Hoekom is jy hier? Op die dorp." Sy is verbaas dat haar stem nie bewe nie.

"Altyd die praktiese dametjie. Wat anders kan 'n mens van 'n Botma verwag?" Sy uitspraak is so perfek soos dié van een wat spraak studeer het, en natuurlik het hy; sy leermeesters, sy slagoffers. Hy is 'n weeluis, dikgesuip aan die dorp se bloed.

"Wat is jou van werklik? Want Botma is dit nie. Jy is niks van my nie."

"Nie? Ek is deel van elkeen van julle." Hy maak 'n swiepende gebaar na die wêreld buite die huis, sy verhoog. "My slapende skones."

Sy hoef nie te vra wat hy bedoel nie, want hulle het begin om dieselfde golflengte te deel, teenpole wat iewers op die middelgrond ontmoet. So goed as wat hy weet dat die dorp se inwoners droomland toe is, net so weet sy dit.

Maar sý is wawyd wakker.

"'n Klaas Vakie," merk sy op. "Jy met jou sandjies in mense se oë." As sy Elaine met woorde kon oorwin . . . Maar Elaine was slegs deel van hom; Botma is die bron van die boosheid. En waar begin jy dit beveg?

"As dit die laaste ding is wat jy vanaand leer . . ." en die manier waarop hy dit sê, laat die moontlikheid dat dit wel een van die laaste, duurste lesse van haar lewe sal wees, so logies klink, "moet jy weet hoe baie ek hierdie dorp haat. Ek verpes, ver*foei*, ver*afsku* sulke klein, selftevrede dorpies!"

"Asof jy nie self so is nie." Sy moet hom nie laat sien hoe bang sy is nie, al is sy seker hy weet, want naakte vrees is 'n emosie wat hy by 'n mens inboesem, dit is sy kontak met jou. Die manier waarop hy tot jou deurdring – deur jou dring.

"Hoe? Klein en selftevrede?" Hy bring sy stem, wat begin styg het soos hy homself opgesweep het, terug tot die normale.

"Ja. Selftevrede en klein." Sy weet dat sy hom moet verslaan, maar vrees sy groter woede. Woorde is haar wapens, maar waar om die regtes te vind? Niks wat nog gesê is, was meer as 'n bevestiging van sy meerdere krag nie.

"Julle dink mos net julle gebede gaan hemel toe," kom sy stem, so donker as hy self. "Maar ek wag al 'n lang tyd, en ek het nie verniet gewag nie. Dit is tyd vir die poppe om te begin dans." Sy mond vou om die laaste woorde in wat hy as 'n glimlag moet beleef; 'n voorsmaak van die soet vrugte van wraak.

"Wat bedoel jy?" vra sy, want sy weet hy wag dat sy moet vra.

"Julle ou dorpie is so verstrengel in tradisie en erfenis, dat ek hom 'n paar dinge gaan laat terugkry wat hy dink . . . ontslaap het."

En sy begin vermoed wat hy gaan sê – want is daar nie gemeenskaplike grond tussen hulle nie?

Sy volgende woorde is 'n tree nader aan waar sy naak en ontbloot staan: "Julle begraafplaas is so sorgvuldig uitgelê soos die dorp self. Tog jammer . . ."

En bo-oor hierdie slaapkamer waar dit net sy en die man is, sien sy haarself waar sy al deur die rusplek vir dooies geloop het. Hitte kring op van die stene wat in die son gelê en bak het. Hier en daar is 'n graf ingesink en vorm dit 'n kommetjie-bedding waaroor die onkruid 'n kombers brei.

Steenomhulsels, waarin stil, stil liggame geberg is.

". . . tog jammer dit moet versteur word," weerklink die man se stem tussen die grafte deur.

Linte is in alle rigtings gewaai, en versier die draadomheining – strikke op 'n geskenk.

"Dit is opstaantyd," sê die man.

"Jy is siek."

"Julle is so behep met julle verlede; ek gee dit nou vir julle. Elkeen van die . . . kan 'n mens hulle nog dooies noem? . . . elkeen gaan na die huis van sy naastes. Om versoen te raak. Soos die verlore seun. Behalwe dat dit nou die ouers is wat terugkeer. Moeders én vaders."

Cathy voel hoe die vloer onder haar wieg.

Die stilte is 'n fluit, 'n roepstem.

Die man is nog nie klaar nie: "Het ek vergeet om jou te sê? Nie almal wat . . . herrys het, gaan na waar hulle gewoon het voor hulle die tydelike met die ewige verwissel het nie. Een van hulle het 'n bietjie vroeër opgestaan, en hy kom nêrens anders nie . . . as hierheen. Ek verwag hom –

"– nou."

Onder in die huis slaan die voordeur toe.

Die man knipoog vir haar, en wag vir die opvoering van die toneelstuk wat hy geskryf het.

Iets skraap in die onderste gang, soos 'n stok wat al langs die muur getrek word.

Kir-r-r-r-r-r-ts.

'n Geluid wat sy bedoel was om te hoor.

Voetstappe op die trap, wat harder word soos hulle nader kom.

Bo, in die gang.

Reguit hierheen.

Dit is stadige treë, omdat die liggaam nie meer gewoond is aan beweging nie. Dit voel soos 'n oneindigheid voor haar pa in die deur staan.

Soos hy soveel jare gelede gestaan het.

"Nog wakker, Cathytjie?"

Dit is 'n stem wat lank laas gepraat het, en hoeveel is daar van die stembande oor?

"Gaan weg," sê sy, maar dit is 'n klein, swak stemmetjie – dié van 'n dogtertjie.

"Kom na my toe," lig hy sy arms waaraan die begrafnispak se moue in flarde hang. Die hare wat op sy kop oorgebly het, kleef grondbekoek teen vel en skedel, en die vingers wat na haar reik, is meer been as vlees.

"Gaan weg."

"Dan kom ek maar na jou," en hy gee 'n wankelende tree na haar toe.

Sy bly genael op een plek, soos altyd as hy na haar gekom het.

Sy asem loop hom vooruit: verrotting, grond.

Die reuk van alle mans.

"My meisie," sê hy, en sy hand soek die knoop van haar geskeurde bloese.

Sy vind haar stem. Haar regte stem. "Ek is nie."

Hy kyk vraend na haar met wat die tyd van sy oë oorgelaat het.

"Ek is nie jou meisie nie."

Haar pa kyk na die man, maar dié sê niks. Dan maak hy 'n geluid wat enigiets kan beteken en ruk die knoop los.

"Ek is Elaine. Cathy is dood."

"Doooo –"

"Ja. Jy het verniet teruggekom."

En hy is weg asof hy nooit daar was nie. Slegs die reuk wat hy met hom saamgedra het, bly in die lug hang.

Die man sê iets, sy weet nie wat nie. In sy stem hoor sy die gekrenktheid.

2

Die dorp se slaap duur voort.

Rienie Viljoen se droom kom al 'n lang pad met haar saam. Sy sal eendag wakker word om haar voorkamer vol mense te vind, al die mense wat sy gedink het nooit weer daar sal sit nie. Hulle sou ingekom het terwyl sy geslaap het, en op haar gewag het.

Noudat sy dus opstaan met die sagte grasie wat 'n slaapwandelaar kenmerk, is dit om haar pad na die voorkamer te vind.

Daar is grondspore op die tapyt, en die voordeur staan oop.

Maar die voorkamer is leeg.

Phillip Meyer het die voetstappe in die pad hoor afkom. Jy moet nou wakker skrik, sê hy vir homself, of jou gas gaan weer vertrek.

En dit is wat gebeur: die voetstappe kom tot by sy deur, en draai terug, stadig, slepend.

Sy droom kom by 'n kruispad. Nou is sy fokus op 'n meisie met wydgesperde oë wat by 'n gat in die grond sit en ween. Die grafsteen waarteen haar rug gestut is, vertel nie die volle verhaal nie.

Sy sit, en wag.

Die dorp slaap, maar die slaap is minder diep.

Jy gaan binnekort wakker word, as jy droom dat jy droom.

3

Cathy draai na waar die man moet wees, maar hy staan nie meer op sy plek voor die spieëltafel nie.

Dit is dan dat die laaste bietjie werklikheid onder haar voete wegval.

Die kamer wankel, word 'n woud. Boom op boom kry om haar vorm, 'n tablo in swart-en-groen.

Haar vrees weerkaats vanaf elke vaste voorwerp na haar, want sy weet dat *hulle* – wie, en hoeveel? – deur die woud op pad is, na haar toe.

Sy voel, vind kosyn, nee, boombas, en dit breek af in haar hand, tasbare bewys dat daar nou net een werklikheid is.

Hoe meer dinge verander, hoe meer bly hulle dieselfde.

Dit moet die gang wees, is haar laaste sinvolle gedagte voor sy deur tak en bos hardloop, so vinnig as haar bene haar kan dra.

Haar tong is swaar in haar mond met die uitroep wat sy wil gee, maar wat hulle net sal laat weet waar sy is.

In haar kuit is die pyn van 'n wond wat sy in 'n ander wêreld opgedoen het.

Sy gaan staan om haar asem terug te kry, maar sy wil dadelik verder. Om hier te staan en wag dat hulle haar vind . . . nooit. Dan eerder in hulle vashardloop.

Aan weerskante van haar waak die lower, vriendelik, vyandig; daar om haar te versteek, daar om ander te verskans.

Iewers kraak 'n tak, of het sy dit self laat kraak?

Nie tyd om uit te vind nie, en sy is weer aan die beweeg, haar asemtogte horterig
tot waar sy 'n tree gee en niks behalwe lug onder haar voete voel nie, tot sy weer die grond tref, maar met haar knie, en haar been soos 'n knipmes onder haar voel vou. Haar skouer tref klip soos sy tuimel in die val, en die skok loop dwarsdeur haar liggaam.

Aan die voet van die helling kom sy in 'n hopie tot rus.

Dit is nie bloed wat deur haar ledemate vloei nie, dis water, en sy kan nie glo dat sy weer haar arms en bene sal moet gebruik nie.

As sy net kan weet waar hulle is. Die slae in haar ore doof alle ander geluide uit.

Miskien, as sy hier onder bly lê, sal hulle nie daaraan dink om hier te soek nie. Of miskien juis; miskien het hulle haar val gehoor.

Sy bring haarself orent deur eers te gaan sit en haar dan op die een been te stut. Met die ander sal sy kwalik kan loop, en beslis nie hardloop nie. As sy daarop trap, raak die tromme in haar kop harder.

Droë gras word agter haar versteur, maar daar is niks.

Sy kan nie terug waarvandaan sy gekom het nie, want hulle sal so 'n probeerslag te wagte wees. Sy het ook nie die versekering dat een of twee nie dalk vooruit is nie, óm die woud, om vir haar te wag.

Die bome word dof, skuif, en sy knip haar oë, skud haar kop en die woud kom weer tot stilstand. 'n Mislint seil oor die grond, om haar enkels.

Elke boom, elke ding wat hier uit die grond groei, is anders as altyd, het 'n alternatiewe betekenis. 'n Tak is meer as net tak. Dit is 'n arm wat dreigend gelig is. Die gevoel wat in haar nek afvinger, kom uit die woud self.

Iewers beweeg iemand deur 'n struik. Klein takkies buig en breek en swaai terug.

Sy kan nie langer hier bly staan nie. Na watter kant sal sy gaan?

Haar been wil in geen rigting gaan nie, en sy leun vorentoe, met haar hand teen iets om haar gewig te dra, en daardie iets gee mee
    en val
            en spat aan 'n duisend stukkies, dat sy glas teen haar been voel. Maar dit kan nie wees nie, want sy is in 'n woud waar daar niks is wat kan val en breek nie.

Hulle moes die geluid gehoor het, hulle moet weet sy is hier.

Om haar is die donker bosse bome, en in haar die vermoede dat geen skuilplek diep genoeg is nie.

Haar gehoor is terug, sodat die breek van lower duidelik na haar kom.

En wat sy gemeen het is 'n boom, het beweeg en is by haar, en het haar aan die skouer beet, met sy vingers in die wond. Hy versterk sy greep, en sy vinger sak dieper weg.

Sy is terug in die huis, en hulle is in die studeerkamer, sy en die man.

Die oog, so na aan hare, het 'n onpeilbare diepte, en sy is reeds kop eerste in daardie put, want sy het vergeet om weg te kyk.

Sy hand laat los haar skouer. Dan sluit sy arms om haar bolyf in 'n omhelsing wat nie bedoel is om ooit ontsluit te word nie. Sy word lam.

En sy mond, daardie gaping, daardie skeur, gaan oop en soek hare.

Vind hare, en haar lippe word oopgedwing in 'n soen – kennis van alle goed en *alle* kwaad.

Nader, steeds nader word sy aan hom beweeg, tot sy nie weet waar die een begin en die ander eindig nie.

Op hierdie afstand is sy oog 'n spieël. Sy sien haarself daarbinne, diep, vasgevang en aan die ander kant van waar sy moet wees.

Hoe het hy gesê? Ek is deel van elkeen van julle.

En elkeen van hom. In die soen vind sy 'n elk en 'n ieder soos hy hulle vernietig het, die vrees van almal wat voor hom geswig het, elkeen wie se noodlot sy naam gedra het.

Ook Peter word in die soen begrawe.

Sy is in die gat, en hulle begin dit toegooi. Haar liggaam is so moeg dat sy nie kan beweeg nie, en die gat vul op met grond; 'n uurglas.

Bo, in 'n kring, troon hulle koppe soos hulle kyk, en oor hulle skouers loer die maan.

Grond pak op grond saam; om haar enkels, knieë, heupe, hoër, hoër.

'n Graafvol grond tref haar kop voor dit oor haar spoel, na onder.

Een van die gesigte bo haar ... die maan se somber lig speel daarop, gooi dit in reliëf.

En sy kry dit reg om van die man voor haar weg te kyk, om haar lippe van syne los te maak en haar kop te draai na waar die portret op die vloer lê. Die glas is gebreek, maar die sepiafoto is behoue:

Bo die eendimensionaliteit van die gesigte

is daar een wat uitstaan asof 'n lig daarop skyn. Die gesig, deur vilthoed omraam en effens in profiel, word gekenmerk deur 'n geboë, nee, 'n krom neus, en 'n ken wat gedetermineerd uitstoot. Die soort ken wat sê: Die plek behoort aan my.

En wanneer sy na die man terugkyk, na die spieël van sy oog, sien sy dit is een en dieselfde:

Haar gesig.

En die gesig van die man wat grond in die gat skep.

Nou besef sy hoekom Elaine nodig was. En Alice. En Peter. En, lank gelede, haar pa.

Die man is bang vir haar.

En saam met die krag wat sy uit die besef put, kom die antwoord op haar vraag van vroeër:

Waar begin jy die boosheid beveg?

Deur die boosheid in jouself.

Nou is dit sy wat die man vashou, en hy wat wil loskom. Maar haar liggaam is sterk. Hy spartel, maar soos 'n dier wat weet hy kan nie los nie.

Sy kantel die volgende vrag grond in die gat af, waar dit nou al tot by die seun se skouers kom. Dit is nodig – hy sou hulle almal uitroei.

(jy is bang bang)

Dit is soos om aan die einde van 'n legkaart te kom, maar daar makeer 'n stuk, en dan besef jy jy het dit nog die hele tyd in jou hand; of laslap-episodes in 'n kroniek, die patroon eers daar as die los drade saamgetrek word.

Die onthelsing is 'n skok vir albei, en vir 'n oomblik twyfel sy aan haar vermoë om alleen staande te bly.

Net vir 'n oomblik.

(jy is)

Die grond is by die seun se ken.

Die oplossing is so eenvoudig, so voor die hand liggend dat sy daar*agter* gesoek het.

"Jy is dood," sê sy.

'n Kreun glip deur sy lippe, hy besef sy het reg.

"Jy is dood. Dood dood dood dood."

En wanneer sy die laaste graafvol grond ingooi, word sy oë glasig en sigloos en, in die oomblik voor hulle vir ewig toegaan, die kleur van die nag.

Krale wat onder 'n kas inrol.

"Ons ontmoet weer," sê hy.

"Nee," sê sy.

"–"

"Nee."

Sy bly staan, met in haar hande die dooie gewig van sy mantel, donker en gedrapeer.

Epiloog

Dit is donker voor hom.

En om hom, en langs hom. Maar hier onder in die klammigheid is hy veilig en beskut, verskuil agter die wand wat wel mettertyd sal meegee. Die donkerte hou vir hom geen verskrikking in nie; inteendeel, die lig sou – nou.

Ook uit hierdie gat sal hy uiteindelik ontsnap. Dat hulle kon dink hy is soos 'n pes wat uitgeroei kan word – en al was hy, so maklik is dit nie. Die donkerte lig altyd nog 'n hoek uit om in weg te kruip, tot die tyd gereed is.

Sy hart is 'n horlosie, kloppend teen die wand wat oor 'n biologies voorafbepaalde tyd uitgang sal bied.

Sy gehoor is nog nie so goed ontwikkel nie, en daarom is dit iets binne-in hom wat hom op die
— wat? —
gevaar attent maak.

Iets is deur die tonnel op pad, moeisaam, tastend. En daar is nêrens om weg te kruip nie: hoe om te beweeg as jy nog net 'n tentatiewe vorm het?

Die vrou is aan die opruim, maak die plek soos dit moet lyk as haar man huis toe kom.

In die kamer langsaan hoor sy die meisie beweeg.

So, sy is darem al op. Dit is gou.

Op pad na die wasbak loer sy vlugtig deur die oop deur, maar die meisie is buite sig. Sy sien net die groot tafel met die plastiekdoek daaroor.

Nadat sy die instrumente klaar gewas het, plaas sy hulle versigtig in die kas onder die wasbak, waar die meisie dit nie kan sien nie. Party van hulle raak ná die tyd vreeslik ontsteld.

Sy trek die gordyne opsy, en die kombuis krimp ineen, deins terug voor die lig.

Buite raas motors.

Die meisie staan in die deur. Sy het weer die dik woljas aan waarin sy gekom het, om haar teen die koue te beskerm.

"Hoe voel jy nou?" vra die vrou, en die meisie glimlag bleek: "Beter."

"Miskien moet jy nog 'n bietjie lê, jy lyk nie –"

Die meisie proe nog die brandewyn wat die vrou haar gegee het om te drink. "Ek sê mos ek voel beter."

Dan is sy uit by die deur, en af by die trap met bene wat verbasend sterk is.

Die dag tegemoet.